KAMPENWAND
VERLAG

ISBN: 978-3986601225

www.kampenwand-verlag.de

Versand & Vertrieb durch Nova MD GmbH
www.novamd.de · bestellung@novamd.de · +49 (0) 861 166 17 27

Text: Krinke Rehberg
Bilder: Shutterstock: Gwoeii, Malaysia; Den Rozhnovsky, Germany; Pawel Kazmierczak, Poland; nuruddean, Thailand
Druck: CUSTOM PRINTING
Wał Miedzeszyński 217, 04-987 Warszawa, Polen

KRINKE REHBERG

NORDSEEGRAB

SYLT KRIMI

Dieser Kriminalroman ist frei erfunden. Alle Ähnlichkeiten mit lebenden oder verstorbenen Personen und/oder realen Handlungen sind zufällig und nicht beabsichtigt.

Für Sabine
Sie ist alles in oin!

ACH JA: NIEMAND IST PERFEKT!
Daher bitte ich, eventuelle Rechtschreibfehla zu entschuldigen ...;)

»Die Nordsee ist wie der Mensch. In der Tiefe dunkel, trügerisch still und keinen Fehltritt verzeihend, wunderschön und aufbrausend, Nährboden für Leben und alles verschlingend.«

Kapitel 1

Ich hab was gehört!«

Levke drückte Finn von sich weg und sah sich mit hektischen Schwimmbewegungen um.

Es war Vollmond und sie badeten nackt in der spiegelglatten Nordsee. Der Campingplatz befand sich direkt hinter den Dünen.

Finn schwamm zwei Züge auf sie zu und versuchte, ihren Körper mit seinen Beinen zu umklammern.

»Vielleicht war das ein Seehund?«

»Mir wird langsam kalt, lass uns zurückschwimmen. Irgendwie ist es unheimlich!«

Levke war nervös und eine Gänsehaut überzog ihren Körper.

Mit kräftigen Bewegungen stieß sie sich erneut von Finn ab und schwamm mit weitausholenden Zügen Richtung Strand.

»Levke, warte!«

Finn kraulte ihr nach und fasste an ihren Fuß.

»Hier draußen ist nichts! Nur wir zwei, das war doch der Plan!«

»Der Plan hat sich geändert!«

Sie befreite sich von seinem Griff.

Die Hitzewallung, die Aufregung, das erotische Prickeln, das alles war verflogen. Ihr war kalt.

Es war windstill und gespenstisch lautlos. Keine Brandung, kein Möwengeschrei, nur das leise Klatschen ihrer Hände auf dem Wasser. Levke sah im Mondlicht den Strand aufleuchten.

Ihr war gar nicht bewusst gewesen, dass sie sich so weit vom Ufer entfernt hatten. Sofort spürte sie ihren Puls hämmern.

»Lass mich und wehe, du fasst mich noch einmal unter Wasser an!«

Plötzlich kam es ihr seltsam vor, dass Finn so weit rausgeschwommen war. Um ihre nackten Körper unter Wasser zu erforschen, hätten sie in einem Bereich bleiben sollen, in dem sie stehen konnten.

Finn kraulte erst neben ihr und überholte sie schließlich. Mit einem Mal wirbelte er herum. Levke sah seine aufgerissenen Augen und sein kreidebleiches Gesicht.

»Da ist etwas!«

Seine Bewegungen wurden hektischer. Er ruderte mit den Armen im Wasser um die eigene Achse.

»Mich hat was berührt!«

»Was war es?«, schrie Levke schrill.

Sie zwang sich zur Ruhe. Es konnte nicht mehr weit zum rettenden Ufer sein. Jetzt bereute sie, dem gutaussehenden, blonden Finn zu einem nächtlichen Bad an den Strand gefolgt zu sein.

Aber andererseits, wie oft waren sie schon zum Nachtschwimmen gegangenen? Das war ein Ritual, das jedes

Jahr unzählige Jungen und Mädchen vom Campingplatz zusammenbrachte.

Plötzlich spürte sie es auch.

Etwas strich ihr am Unterschenkel entlang. Etwas Größeres als Seetang oder Treibholz. Ein Fisch! Ein riesiger Fisch oder ein Seehund!

Ein gellender Schrei hallte übers Wasser und Levke war überrascht, dass sie es war, die diesen Schrei ausstieß.

Sie schluckte das salzige Meerwasser und hustete es wieder aus.

»Finn? Da ist etwas im Wasser!«, keuchte sie.

»Ich weiß!«, flüsterte er ängstlich.

»Vielleicht ein Seehund!«

Er klang wenig überzeugend.

Levke strampelte mit Armen und Beinen im Wasser. Die Angst lähmte ihre kontrollierten Schwimmbewegungen und plötzlich fühlte sie sich wie eine Nichtschwimmerin im tiefen Becken.

»Ich will ans Ufer... Ahhhhh!«

Wieder spürte sie etwas, diesmal ganz deutlich an ihrem Oberschenkel.

Das ist nicht irgendetwas, sondern irgendjemand!

Vor Schreck hielt sie die Luft an und japste.

Der Strand war ganz nah.

Aus den Augenwinkeln erkannte sie Finn, der jetzt neben ihr schwamm. Zumindest das gab ihr etwas Zuversicht.

Was auch immer es war, es glitt zwischen ihren Beinen am Po entlang. Levke riss den Mund auf, aber ihr Schrei blieb ungehört. Sie schluckte panisch Wasser, rang nach Luft und hustete. Ihre Kräfte ließen nach und sie schloss die Augen, um sich auf ihre Atmung zu konzentrieren. Dann spürte sie Finn neben sich und klammerte sich wimmernd an ihn.

Ihr Kopf tauchte unter, wieder und wieder berührten ihre Füße den rettenden, sandigen Grund und zwei Armzüge später lag sie im knöcheltiefen Wasser am Ufer.

Immer noch umklammerte sie Finn und hustete das Salzwasser aus ihrer Lunge.

Dankbar sog sie die Luft tief ein. Lachen und Weinen gingen ineinander über. Sie hatte Todesangst gehabt, aber sie waren unbeschadet ans Ufer gelangt. Nie wieder würde sie nachts baden gehen!

Noch einmal drückte sie Finns unterkühlten Körper.

»Wir habens geschafft!«, rief sie erleichtert.

»Levke, ich bin hier!«, hörte sie hinter sich seine Stimme.

Als sie ihre Augen öffnete, sah sie Finn einige Meter entfernt am Strand stehen.

Im Schein des Mondes starrte sie auf den blassen und aufgedunsenen Körper der leblosen Frau, den sie in den Armen hielt.

Kapitel 2

19 JAHRE ZUVOR

Der eisige Novemberwind fegte über die Dünen und betäubte ihr Gesicht.

Viel zu früh hatten sie geheiratet und jetzt übten seine Eltern Druck aus, dass der Nachwuchs so schnell wie möglich auf die Welt kommen sollte.

Der Alte sprach nicht von Enkeln, sondern einfach nur von Nachwuchs. Sie hatte ihn gut genug kennengelernt, um zu wissen, dass es ihm nicht um Opafreuden ging. Ihn interessierte lediglich die Erhaltung der Art. Er war ein Tier, herrisch und emotionslos!

Rike hatte Henning vor 14 Monaten kennengelernt, als sie auf dem Campingplatz in Wenningstedt gejobbt hatte. Sie hatte in ihrem alten, rostigen Fiat Bus gewohnt. Die Miete für den Stellplatz war von ihrem Lohn abgezogen worden, aber der Platz lag direkt hinter den Dünen und abends hatten immer Strandpartys stattgefunden.

Henning war ihr aufgefallen, weil er abseits gesessen und ruhige Stücke auf seiner Gitarre gespielt hatte. Gesungen hatte er nie, dazu war er viel zu schüchtern gewesen.

Sie hatte sich zu ihm gesetzt und bereits am dritten Abend hatten sie die Gruppe verlassen und einen kilometerlangen Strandspaziergang gemacht. Verliebt und unbeschwert hatten sie die Sommerwochen miteinander verbracht und davon geträumt, die Welt zu sehen und zu verändern. Den Plan, eine kleine Bar irgendwo in Südeuropa zu eröffnen, hatten sie in dieser Zeit gefasst.

Sie waren Seelenverwandte gewesen, hatten sich ohne Worte verstanden und sich ihre geheimsten Wünsche und Ängste anvertraut.

Das war erst letzten Sommer gewesen.

Jetzt stand sie hier am Campingplatz und zweifelte daran, ob die Entscheidungen, die sie in ihrem jungen Dasein getroffen hatte, richtig gewesen waren.

Ihr ungestümes Wesen, ihre Spontanität und der feste Glaube an die einzig wahre Liebe hatten sie hierher geführt!

Der Gedanke an diese unbeschwerte Zeit ließ sie plötzlich zweifeln.

NEIN!

Sie schüttelte vehement den Kopf. Ihren Plan würde sie durchziehen. Es war die einzige Chance, ihr Leben in die eigene Hand zu nehmen! Sie musste dem Trott des Alltags entkommen, der wie eine kalte Hand nach ihrer Lebenslust und ihren Träumen griff.

Alles war genau geplant. Ja, es war perfide, aber das störte sie nicht. Schließlich hatte sie ein Ziel vor Augen. Ihr Ziel!

Das Kind und die öffentliche Meinung waren ihre Joker, mit denen sie dieses Spiel gewinnen würde.

Schon bald nach der Hochzeit hatte sie erkannt, dass Hennings Drang nach Freiheit und Unabhängigkeit nach und nach schwand. Er hatte nicht mit ihr gestritten, das machte er nie, aber sie sah das Feuer in seinen Augen langsam verlöschen. Immer noch konnte sie sehen, wie bemüht er war, es allen recht zu machen. Es kotzte sie an! Er würde ihren Plan früher oder später aufgeben, hatte bereits damit begonnen, als er vorgeschlagen hatte, erst einmal bei dem Alten zu arbeiten, um etwas Geld zu verdienen.

Die Thomsen-Fischimbisse auf der Insel waren eine echte Goldgrube, aber so einfach war es nicht, sich ins gemachte Nest zu setzen und mitzuverdienen.

»In das Geschäft wird nicht hineingeboren! Das wird von der Pike auf gelernt!«, hatte der Alte gesagt. Das bedeutete, dass sie die nächsten Jahre in der Küche, am Tresen und in der Fischhalle stehen müssten.

Aber sie würde auf keinen Fall die nächsten Jahre damit verbringen, sich jeden Tag den Fischgeruch abzuschrubben und abends in der Einliegerwohnung bei den Alten hocken!

Ein Frösteln überzog ihren Körper und das war nicht nur dem kalten Novemberwind zuzuschreiben.

Natürlich könnte sie wieder zurück nach Berlin, wo sie bis zu ihrem achtzehnten Geburtstag in einem betreuten Wohnhaus gelebt hatte. Ihre Eltern waren bei einem Autounfall ums Leben gekommen, als sie fünfzehn war. Ihre Großeltern hatte sie nie kennengelernt und Geschwister gab es auch keine. Also war sie in diese Wohngruppe gekommen, hatte ein neun Quadratmeter großes Zimmer bezogen und die den Realschulabschluss gemacht. Danach hatte sie die Tage in wechselnden Praktikumsbetrieben verbracht und war schließlich am Tag ihrer Volljährigkeit nach Sylt aufgebrochen.

Sie hatte es verdient, ein unbeschwertes Leben zu führen!

Alles war vorbereitet und die Aufregung fühlte sich fast wie die Zeit der ersten Verliebtheit an. Es kribbelte in ihrem Bauch.

Alles würde gutgehen, beruhigte sie sich, als ein Geräusch hinter ihr sie zusammenfahren ließ.

Jemand kam näher und sie wusste, wer es war.

»Na !«, murmelte sie leise.

Schweigend streckte er seine Arme nach ihr aus und sie sah in seinen Augen, dass etwas nicht stimmte.

»Du Verräter!«, schrie sie und stieß ihn von sich weg.

Kapitel 3

Auf dem Weg durch die Dünen warf Bente zwei Magentabletten ein.

Es war erst vier Stunden her, dass sie eine Pizza und ein Glas Rotwein zu sich genommen hatte. Das Handy hatte sie aus dem Tiefschlaf geweckt.

Binnen einer Minute war sie in ihre Funktionshose mit den vielen Taschen geschlüpft, hatte sich die Windjacke übergeworfen und auf dem Weg zum Auto mit Mundspülung gegurgelt.

Ulrike, ihre fast zweijährige, braune Labradorhündin, lief schnüffelnd vor ihr her und überprüfte alle Duftmarken rechts und links des Weges.

Im Licht des Vollmondes glitzerte die ruhige Nordsee bis hinaus zum Horizont und Bente stieg die salzige Seeluft in die Nase.

Unten am Ufer erkannte sie die flatternde Polizeiabsperrung und zwei helle Gaslampen, die das Terrain um den Fundort der Leiche in Flutlicht tauchten.

Das Spurensicherungsteam war schon vor Ort. In ihren weißen Papieroveralls sahen die Kollegen aus wie Außerirdische.

Zwei Pick-ups der Polizei standen am Strand und einige Beamte mussten, trotz der nächtlichen Stunde, Schaulustige vom nahegelegenen Campingplatz davon abhalten, die abgesperrte Zone zu betreten.

Etwas abseits stand ein Rettungswagen und sie sah zwei Personen, in glänzende Notfalldecken gehüllt, darin sitzen.

Bentes Schritte versanken im feinen Dünensand.

Kurz vor der Absperrung befahl sie Ulrike, zu warten.

»Platz!«

Die Labradorhündin gehorchte prompt.

Beim Näherkommen beglückwünschte Bente sich. Die beiden Magentabletten waren eine richtige Entscheidung gewesen.

Der Anblick einer Wasserleiche bedeutete immer eine Herausforderung.

Ein Schrei durchschnitt die Stille der Nacht.

Bente drehte sich um.

Beim Rettungswagen versuchten zwei Sanitäter, eine junge Frau zu beruhigen.

»Moin, Brodersen!«

In Heikes Gesicht war das Entsetzen deutlich zu erkennen.

Bente erinnerte sich an die erhängte Frau in Kampen. Das war erst ein paar Monate her und ihre junge Kollegin hatte sich die Seele aus dem Leib gekotzt. Jetzt hielt sie sich tapfer.

»Die beiden Jugen haben sie gefunden. Sie waren schwimmen und gerieten in Panik, als sie etwas im Wasser spürten. Sie vermuteten, es sei ein Riesenfisch oder ein Seehund. Das Mädchen dachte, es klammere sich an den Jungen, aber als sie das Ufer erreichte, sah sie, dass es eine Leiche war. Schrecklich! Sie steht unter Schock.«

Heike schüttelte sich bei der Vorstellung.

Bente sah ihr in die Augen.

»Die Arme! Das wird sie nie vergessen! Sag den Sanitätern, sie sollen die beiden ins Krankenhaus bringen. Wir werden sie dort befragen, wenn sie den ersten Schock überwunden haben.«

Bente trat näher an die Leiche heran. Die Spurensicherung breitete gerade eine Plastikfolie über den aufgedunsenen Körper.

Eine Wasserleiche war kein schöner Anblick. Bente schluckte trocken.

Flackner trat an sie heran.

»Die treibt schon länger im Wasser!«

Der Chef der Spurensicherung war nach dem Medizinstudium zur Polizei gegangen und hatte bereits so viele Leichen in den unterschiedlichsten Verwesungsstadien gesehen, dass ihm dieser Anblick nicht zusetzte.

»Irgendwelche Spuren?«

»Einige!«, nickte er.

»Sie hat eine Kopfverletzung, entweder von einem Schlag oder weil sie unter Wasser irgendwo gegengestoßen ist, aber auf jeden Fall ist sie nicht eines natürlichen Todes gestorben!«

»Warum? Könnte sie nicht einfach beim Schwimmen einen Herzanfall bekommen haben?«

Bente sah ihn fragend an.

Flackner trat an den Leichnam und zog die Folie zurück.

Die Leiche sah blutleer aus, aufgedunsen und teilweise angefressen. Die Haare waren voller Seetang und lagen über dem Gesicht der Frau. Sie war relativ klein und schmal, fast wie ein junges Mädchen. Reste einer Hose und eines Oberteils hingen in Fetzen an ihrem Körper.

Als Bentes Blick weiterwanderte, stöhnte sie schockiert auf.

Beide Hände waren abgetrennt.

»Wahrscheinlich stammen die Bisswunden von dem einen oder anderen Meeresbewohner.«, bemerkte Flackner.

Er zeigte auf die entsprechenden Stellen an dem aufgedunsenen Körper.

»Wer auch immer sie war, sie muss mit der Strömung angespült worden sein. Sie ist also nicht von der Landseite aus ins Wasser geworfen worden.«

»Haben wir Meldungen von Vermissten, die auf See über Bord gegangen sind?«, wandte Bente sich an Heike, die zu ihnen getreten war.

»Nein, bisher nicht.«

Heikes Gesicht war aschfahl und das kam nicht von dem Schein des Vollmondes.

»Ich habe auf der Seite der Deutschen Seenot-Rettung nachgesehen. Der letzte Vermisste war vor 6 Wochen ein Segler vor Hooge.«

Flackner breitete die Folie wieder über die Leiche.

Bente sah auf die spiegelglatte See. Die Spiegelung des Vollmonds zog sich bis zum Horizont. Es war ein wunderschönes Bild. Und so trügerisch!

»Wie weit kann so eine Wasserleiche im Wasser treiben?«, wandte sie sich an Flackner.

»Also von England wird die nicht gekommen sein. Eine Leiche geht im Wasser unter. Erst wenn nach einiger Zeit die Fäulnisgase entstehen, geben sie dem Leichnam einen gewissen Auftrieb. In diesem Zustand ist sie jetzt. Je nach Zersetzungsgrad hört die Gasbildung wieder auf und sie wäre auf Nimmerwiedersehen untergegangen. Wenn Tiere Löcher in den Körper reißen, dann auch früher.«

Flackners sachliche Art trug nicht dazu bei, dass Heike sich wohler fühlte. Sie wirbelte herum und lief einige Meter in die Dunkelheit.

Bente hörte, wie sich übergab.

»Gut gemacht, Flackner!«

»Hey, Brodersen, ich erkläre nur, was wir hier vor Augen haben!«

Sie nickte und winkte ab.

»Also, wo ungefähr ist sie ins Wasser geworfen worden?«

»Kann ich nicht sagen. Das hat was mit Strömungsgeschwindigkeit und Wind der letzten Wochen zu tun.«

»Mensch Flackner, ich will keine Koordinaten!«

Bente war um diese zeit nicht nach seinen Ausführungen zumute.

»Ich muss erst die Obduktion vornehmen, dann kann ich vielleicht mehr sagen.«

Heike gesellte sich wieder zu ihnen. Sie zuckte entschuldigend mit den Schultern.

»Sorry!«

»Schon okay! Kümmerst du dich morgen früh um die Vermisstenmeldungen des letzten Monats? Sie muss ja irgendwo herkommen und irgendjemand wird sie vermissen.«

Heike nickte. Sie stand mit dem Rücken zu der Leiche.

»Gibt es Hinweise auf ihre Identität?«

Flackner schüttelte den Kopf, was Bente irgendwie auch erwartet hatte.

Wasserleichen trugen keine Ausweispapiere bei sich.

»Wir werden bei der Obduktion auf alle Fälle Näheres erfahren, auch wenn wir keine Fingerabdrücke nehmen können.«

Heike sog hörbar die Luft ein und Bentes rügte ihn mit einem Blick.

»Also bleibt nur die Möglichkeit der Kiefer- und zahnmedizinischen Identifizierung. Mit Glück hat sie irgendwelche besonderen Merkmale, aber auch das wird schwierig festzustellen sein.«, fuhr Flackner fort.

»Dann leg am besten gleich los!«, erwiderte Bente trocken.

»Ihr stellt euch das immer so einfach vor. Was, wenn sie Ausländerin oder Touristin war? Dann gibt es gar keine Akten über sie.«

Bente schwieg und blickte Flackner ruhig an.

»Du suchst die Puzzleteile in und an der Leiche, wir suchen die Puzzleteile im Umfeld und in den Akten. So läuft unsere Arbeit nun mal! Als du dich bei der Polizei beworben hast, hielt da jemand ein großes Schild hoch, auf dem stand: *Komm zur Polizei, das wird ein Riesenspaß?*«

Flackner grummelte und pfiff zwei seiner Kollegen herbei, an denen er seinen Frust auslassen würde.

Langsam setzte die Wirkung der beiden Magentabletten ein und Bente begann, sich besser zu fühlen. Sie trat noch einmal an die Leiche heran, als das Spusi-Team mit einem Leichensack kam.

Sie hielt die Kollegen mit einer Handbewegung zurück und kniete sich neben den Körper.

Kurz schloss sie die Augen und sammelte sich.

Reiß dich zusammen, Bente!

Es gab keinerlei Schmuck oder Tattoos. Bente starrte in die weit geöffneten Augen der Toten.

Wenn wir eine Seele haben, so verbleibt sie nach dem Tod nicht im Körper.

Es war schwierig, das Alter der Frau zu schätzen. Das würde Flackner herausbekommen, da war sie sich sicher.

»Wer bist du? Woher kommst du und warum will dein Mörder deine Identität verschleiern?«, murmelte sie dem Leichnam zu.

Letzten Endes war es glasklar, dass es sich hier um Mord handelte.

Seit sie vor ein paar Monaten die kleine Abteilung der Kriminalpolizei auf Sylt übernommen hatte, war dies der zweite Mordfall, den sie aufzuklären hatte. Das hatte sie von dem Inseljob nicht erwartet.

Diese Wasserleiche würde ein gefundenes Fressen für die Presse sein und das Sommerloch füllen. Tourismusmanager und Lokalpolitiker würden das Gespenst von ausbleibenden Touristen an die Wand malen, aber Bente wusste, dass das Gegenteil eintreten würde.

Mord und Totschlag zogen die Schaulustigen an und für das Betreten eines Tatorts könnte ein Eintrittsgeld genommen werden! So makaber es klingen mochte, aber ein solcher Mordfall würde zahlreiche Tagesgäste auf die Insel ziehen.

Es war ihr erster Sommer hier auf Sylt als Hauptkommissarin und sie hoffte, dass der Tod dieser Frau nichts mit der Insel zu tun hatte. Aber auch wenn der Mord auf hoher See verübt worden war, so lag die Leiche am Strand von Sylt und fiel damit in ihren Zuständigkeitsbereich.

Während sie zusah, wie der Körper in dem grauen Leichensack verschwand, ahnte sie bereits, dass die Tote ohne Hände kein einfacher Fall sein würde.

Bente dachte an Anka, die sie seit ihrem Dienstantritt auf Sylt nicht gesehen hatte. Ihre Tochter studierte in Hamburg und Bente hegte die leise Hoffnung, dass sich ihr Verhältnis mit der Entfernung bessern würde. Allerdings ging ihr diese Verbesserung nicht schnell genug. Anka hatte sie bisher noch kein einziges Mal besucht.

Wann auch immer es soweit sein sollte, hoffentlich werde ich dann von jemandem vermisst.

Sie schüttelte den Gedanken ab und pfiff Ulrike heran. Die SpuSi war mit ihrer Arbeit fertig und der Hund konnte keine Spuren mehr zerstören.

Ulrike setzte sich vor sie und wartete aufgeregt.

»Lauf!«, erlöste Bente die Hündin, die schnurstracks ins Wasser lief und 2 Sekunden später mit einem Stück Holz zurückkam. Bente warf den Stock, bevor Ulrike sich schütteln konnte und sah hinüber zu den Pick-ups, die gerade losfuhren. Alle Fahrzeuge hatten natürlich Allradantrieb und sie fragte sich, ob sie ihren alten VW-Bulli ersetzen sollte.

Dann könnte sie wunderbare Stunden irgendwo am Strand mit Ulrike verbringen. Natürlich war es verboten, am Strand zu campen, aber sie könnte behaupten, im Dienst zu sein. Irgendwelche Vorzüge musste der Job ja mit sich bringen!

Sie überschlug kurz die Kosten und seufzte resigniert. Das konnte sie sich einfach nicht leisten, ohne einen Kredit aufzunehmen.

Vergiss es! Keine monatlichen Raten!

Die Zeit mit Eigenheim, Kredit, Trennung und Hausverkauf hatte sie hinter sich gelassen und geschworen, sich nie wieder in finanzielle Abhängigkeit zu begeben. Weder von einem Mann, noch von einer Bank. Ihr monatliches Einkommen reichte, um Wohnung, Pizza und Kaffee zu bezahlen. Ankas Studium unterstützte sie mit einem großzügigen Taschengeld und außerdem wanderte ein Teil des

Lohns direkt auf ein Sparkonto. Für den Notfall, der bisher nicht eingetreten war. Mittlerweile mussten sich dort mehrere tausend Euro angesammelt haben, aber ein Allrad-Bus war nun mal kein Notfall!

Heike kam auf sie zu und unterbrach ihre Gedanken.

»Ich habe die Personalien der beiden Teenager. Der Sanitäter sagte, dass das Mädchen auf alle Fälle über Nacht auf Station bleibt. Sie steht verständlicherweise unter Schock.«

»Kein Wunder!«, erwiderte Bente und pfiff Ulrike herbei.

»Schreckliches Erlebnis. Ich könnte nie wieder bei Dunkelheit schwimmen gehen!«

Heike schüttelte sich.

Bente zuckte mit den Schultern und blickte auf die Nordsee hinaus, bevor sie ihrer Kollegin antwortete:

»Ich war vorletzte Nacht mit Ulrike schwimmen und es war wunderschön. Ich frage mich, ob die Wasserleiche da auch schon irgendwo in meiner Nähe trieb.«

»Ooh, Brodersen! Das ist ja total spooky!«

Sie schwiegen und stapften wortlos durch den tiefer werdenden Sand, je näher sie an die Dünen kamen.

Ulrike hatte einen Tennisball ausgegraben, dessen Farbe zu einem schmutzigen Braun verblichen war. Übermütig warf sie ihn mit dem Maul hoch und fing ihn wieder auf.

»Aber warum wird sie nicht vermisst? Sie muss Familie oder zumindest eine Arbeit gehabt haben. Kollegen und Freunde! Irgendjemandem muss es doch auffallen, dass sie weg ist!«

Beide blickten zurück zu dem Fundort, wo jetzt nur noch das flatternde Absperrband von dem grausigen Fund zeugte.

»Niemand sollte nicht vermisst werden!«, sagte Heike nachdenklich.

Kapitel 4

Am frühen Morgen um fünf stieg ein Mann in Westerland aus dem ersten Zug, der von Niebüll auf die Insel gefahren war.

Der schwere Rucksack zog seine Schultern nach hinten und ließ ihn vornübergebeugt gehen.

Er trug bequeme Kleidung und Wanderschuhe und sah mit seinen Dreadlocks und dem Dreitagebart aus wie viele Backpacker.

Um diese zeit konnte er sich am Bahnhof lediglich einen Coffee to go bestellen, mit dem er eine lange Zeit vor dem Bahnhofsgebäude auf einer Bank Platz nahm und wartete.

Er hatte so lange gewartet, dass es jetzt auf ein paar Minuten, Stunden, Tage oder Wochen nicht mehr ankam.

Er hatte Zeit.

Kapitel 5

Für Bente war es unmöglich, wieder in den Schlaf zu finden. Sie lag dösend auf dem Sofa und stand nach einer Stunde auf, um sich einen Kaffee zu machen. Dann zog sie die obligatorische Weste über ihr Shirt und trat hinaus in die laue Sommernacht. Ein Spaziergang würde ihr guttun und Ulrike sowieso.

Von ihrem Appartement in Westerland befand sich die Wache Sylt, die seit einiger Zeit in dem behelfsmäßigen Containerbau untergebracht war, in fußläufiger Entfernung.

Sie ging die Friedrichstraße hinauf zur Promenade.

So früh am Morgen befanden sich lediglich ein paar Lieferfahrzeuge und die dazugehörigen Fahrer in der Fußgängerzone.

Am Hotel *Miramar* bog sie rechts ab zur Muschel und ließ sich den auffrischenden Wind um die Nase wehen. Auf dem Weg zum Brandenburger Strand blieb sie mehrmals stehen, lehnte sich an das Geländer der Kurpromenade und blickte hinaus auf die Nordsee, die sich mit dem Ebbstrom weit zurückzog.

»Von irgendwo da draußen musst du hergekommen sein!«, murmelte sie leise in den Wind und dachte an die Wasserleiche.

Für einen kurzen Moment tauchten die abgetrennten Hände vor ihren Augen auf. Bente zwang sich, nicht daran zu denken und schüttelte sich, um das Bild zu verdrängen.

Welchen Grund gab es, außer einer erschwerten Identifizierung der Leiche, für das Abtrennen der Hände?

Sicher würde die Obduktion Hinweise darauf geben. Natürlich war es wichtig, zu wissen, wie der Täter vorgegangen war. Hatte er Kenntnisse vom Knochenzerteilen, wie zum Beispiel ein Metzger oder Jäger?

Das waren Informationen, die Bente von Flackner erfahren würde, ob sie wollte oder nicht. Details, die sich zu Bildern zusammensetzten und ihr in ihre Träume folgten.

Ulrike kannte den Weg. Sie gingen jeden Morgen am Ende der Kurpromenade nach rechts in die Brandenburger Straße und dann quer über den öffentlichen Parkplatz zur Stephanstrasse, wo der Polizeicontainer stand.

Die alte Wache war ein Generalsanierungsfall und beinahe wöchentlich ergaben sich neue Komplikationen, die den Fertigstellungstermin nach hinten schoben und somit auch die Kosten in die Höhe trieben.

Bente hatte sich in den letzten Monaten an die behelfsmäßigen Container gewöhnt und wenn sie ehrlich war, genoss sie die engen Räumlichkeiten. Alle Kollegen saßen in einem Raum, Bentes Schreibtisch befand sich hinter einer blickdichten Abtrennung ohne Tür. Die Zusammenarbeit funktionierte auf Zuruf. Dienststellenleiterin der Kripo Sylt zu sein, hieß nicht, ein eigenes Büro zu haben. Das war neu für sie, erleichterte ihr aber die Integration ins Team.

Sie betrat das Büro und setzte sich an ihren Schreibtisch. Ulrike drehte sich auf ihrer Decke ein paar Mal im Kreis, bevor sie sich mit einem zufriedenen Grunzen einrollte.

Innerhalb der nächsten halben Stunde trafen Klemme und Timme ein. Die beiden waren wie Pat und Pattachon.

Sie hörte das Poltern in der Teeküche, die sich im Nachbarcontainer befand. Schließlich erschien Klemmes Kopf hinter dem Raumteiler.

»Moin, Chef! Kaffee?«

Bente nickte und grinste mit einem Anflug von Verzweiflung. Sie hatte sich ihnen als Bente vorgestellt und legte keinen Wert auf den Cheftitel, aber sie blieben bei Chef und duzten sie. Das war die typisch friesische Sturheit.

Irgendwann hatte Bente es aufgegeben.

Beide waren manchmal etwas langsamer im Kombinieren, aber leisteten eine herausragende Recherchearbeit.

Als Heike Röder in die Wache trat und nach einem knappen Gruß einen dampfenden Kaffee von Timme bekam, ging Bente zu ihren Kollegen, um von dem Fund der Wasserleiche zu berichten.

Klemme und Timme staunten und hörten mit offenem Mund zu.

»Das klingt nach einem geplanten Mord!«, gab Timme von sich und Klemme nickte.

»Ich will wissen, wie die Strömungen und Windverhältnisse der letzten Wochen waren, um eine ungefähre Position zu erarbeiten, wo die Frau über Bord geworfen wurde!«

»Heißt das, du gehst davon aus, dass sie ins Meer geworfen wurde?«

Heike blickte auf und sah Bente direkt an.

»Bitte, Brodersen, lass mich!«, bat sie.

Heike nannte ihre Chefin bei ihrem Nachnamen. Auch daran hatte Bente sich gewöhnt und mittlerweile mochte sie es. Heike war ihre engste Mitarbeiterin und erinnerte sie an ihre eigenen ersten Jahre bei der Mordkommission.

Sie nickte ihr zu und verkniff sich ein Grinsen.

»Mensch, Timme, wie soll die denn sonst ins Wasser gekommen sein, glaubst du, sie ist rausgeschwommen?«

Heike rollte mit den Augen.

»Ja, wieso nicht?«, erwiderte Timme trotzig. »Vielleicht ist sie ja rausgeschwomm...«

Er brach ab und lief rot an.

»Ohne Hände, schon klar! Mensch Timme!«

Klemme verpasste ihm mit der flachen Hand einen angedeuteten Schlag auf den Hinterkopf.

»Wir haben hier nicht so oft mit Morden zu tun!«, versuchte Timme, sich zu rechtfertigen, aber es war bereits zu spät.

Für heute hatte er den Bock abgeschossen und Bente wusste, dass in ein paar Stunden auch in der Revierwache der Streifenpolizisten sein gedanklicher Fehltritt für Belustigung sorgen würde.

»Zurück zu den Strömungsverhältnissen! Kriegst du das hin, Timme?«

»Na klar, Chef!«

»Außerdem will ich alles über aktuell vermisste Frauen zwischen dreißig und fünfzig Jahren in ganz Deutschland haben.«

Klemme nickte und setzte sich sofort an den Computer.

»Heike, wir zwei fahren ins Krankenhaus. Vielleicht haben die beiden Teenager ein paar brauchbare Informationen für uns!«

Damit schnalzte Bente einmal und Ulrike sprang von ihrer Decke hoch.

Als Bente den Bulli die Norderstraße hinaus in Richtung Nordseeklinik fuhr, ergriff Heike das Wort:

»Weißt du, was ich nicht verstehe?«

»Schieß los!«

»Wenn sich jemand so viel Mühe macht, um die Identität der Toten zu verheimlichen und ihre Hände abtrennt, damit wir keine Fingerabdrücke nehmen können, wieso hat der Mörder sie dann nicht mit einem Anker oder einem Gewicht beschwert, damit die Leiche gar nicht erst gefunden wird? Das wäre doch viel einfacher!«

Heike versuchte, so sachlich wie möglich zu klingen, hatte aber enorme Schwierigkeiten, die Grausamkeit der abgetrennten Hände so nüchtern zu beschreiben.

»Oder auch den Kopf abgetrennt?«, ergänzte Bente Heikes Frage.

»Na, vielen Dank auch, Brodersen, jetzt gehts mir besser!«, konterte sie scharf.

»Du hast recht. Entweder, der Mörder ist gestört worden oder er hatte es eilig, die Leiche zu entsorgen. Schließlich wissen wir nicht, von was für einem Schiff sie über Bord geworfen wurde. Oder es ist dem Mörder einfach vollkommen egal, ob man sie findet.«

»Du meinst, sie könnte eventuell auch von einer Fähre geworfen worden sein? Wäre nicht der erste Mensch, der von einem großen Schiff verschwindet.«

Bente widersprach ihrer jungen Kollegin.

»Keine der Autofähren, Ausflugsschiffe oder Inselfähren fährt bei Nacht. Außerdem ist es unmöglich, eine Leiche ungesehen über Bord zu werfen. Zumindest ist das Risiko unkalkulierbar.«

»Also bleibt nur ein Fischerboot oder eine private Yacht!«

Sie warfen sich gegenseitig Fragen wie Pingpongbälle zu. Irgendwo mussten sie ja schließlich anfangen.

Bente äußerte einen Gedanken, der sie nicht losließ:

»Was könnte sonst noch ein Grund für die abgetrennten Hände sein? Irgendeine Art Bestrafung oder ein Zeichen setzen?«

Heike stöhnte laut auf.

»Du meinst, es könnte der Abschreckung dienen? Organisierte Kriminalität? Mafiöse Strukturen? Auf Sylt?«

»Ich meine Prostitution und Menschenhandel. Auch auf Sylt gibt es Puffs und Prostituierte. In solchen Kreisen gilt Abschreckung immer noch als bestes Mittel zum Zweck.«

Heike grübelte über diesen Gedanken nach.

»Der Fund der Wasserleiche geht auf alle Fälle durch die Medien! Ich werde mich mal dort umhören!«, seufzte sie.

»Stell dir das nicht so einfach vor. In dem Milieu redet keiner freiwillig mit der Polizei und schon gar nicht die Frauen, die dort arbeiten.«

»Wir hatten Anfang des Jahres mit dem Ordnungsamt eine Überprüfung des Etablissements in der Norderstraße. Das hatte Hansen angeleiert.«

Bentes Vorgänger, Tammo Hansen, war zwanzig Jahre Leiter der Dienststelle gewesen. Er war auf Sylt geboren, kannte jedes Sandkorn und natürlich alle Bewohner. Bente hatte ihn nach anfänglichen Schwierigkeiten in ihr Herz geschlossen. Er erinnerte sie an ihren Vater und offenbar sah er wiederum in ihr eine Art Tochter. Sie hatte Hilde, seine Frau, kennengelernt und sich bei einer Einladung zum Abendessen sehr wohl in ihrem Haus gefühlt. Es hatte Weinsuppe mit Schinken gegeben, ein typisch friesisches Gericht. Bentes Gedanken wurden von Heike unterbrochen.

»Die Frauen, die dort arbeiten, müssen registriert sein und regelmäßig Gesundheitszeugnisse vorweisen.«

Bente nickte zustimmend.

»Wühl dich mal durch die Akten. Vielleicht wirst du fündig!«

Ihr Instinkt sagte ihr, dass die Tote nicht mit Prostitution oder Menschenhandel in Verbindung stand. Wenn wirklich ein Zeichen gesetzt werden sollte, dann musste sichergestellt sein, dass die Leiche gefunden wurde.

Es musste einen anderen Grund geben.

Bente und Heike schwiegen. Jede für sich wusste, dass es noch eine andere Möglichkeit gab, zumindest in der Theorie. Aber war nicht alles an der Polizeiarbeit Theorie, bis ein Beweis vorlag?

Keine der beiden wollte es aussprechen, weil die Schlussfolgerung an Grausamkeit kaum zu überbieten war.

Wenn es sich um eine Art Bestrafung gehandelt hatte, würde es bedeuten, dass die Frau noch gelebt hatte, als ihr die Hände abgetrennt wurden!

»Meinst du, Flackner kann das bei einer Obduktion herausfinden?«, fragte Heike.

»Was?«

»Das, was wir beide denken!«

»Woher weißt du, was ich denke?«

»Ach, komm schon, Brodersen, ich kenne dich mittlerweile!«

»Du meinst, ob er feststellen kann, ob die Hände…«

»Sags nicht, sonst kotze ich dir deinen Bus voll!«

»Ich glaube, ja.«, murmelte Bente betreten.

Wer würde so etwas tun und warum?

Im Mittelalter wurde Dieben die Hand abgehackt.

»Aber wir sollten uns zuerst darauf konzentrieren, wer sie ist und wo sie zuletzt gesehen wurde.«, sagte Bente, als sie ihren Bulli auf dem Klinikparkplatz parkte. Sie ließ die Schiebetür offen und befahl Ulrike, im Bus zu warten.

Heike wunderte sich wieder einmal über die wohlerzogene Labradorhündin.

Der junge Mann war auf eigenen Wunsch entlassen worden. Heike hatte seine Personalien und die Adresse des Campingplatzes, wo er die Ferien verbrachte.

Das Mädchen lag in einem Einzelzimmer. Ihre Augen starrten an die Decke. Bentes Fragen beantwortete sie seltsam tonlos und nach kurzer Zeit verließen sie das Krankenzimmer wieder, um mit dem behandelnden Arzt zu sprechen.

»Levke steht unter Schock und versteckt ihr Trauma hinter einer dicken Mauer aus Emotionslosigkeit. Es dauert seine Zeit und sie wird psychologische Hilfe in Anspruch nehmen müssen.«

Bente bedankte sich, gab dem Arzt ihre Visitenkarte und ging mit Heike zurück zum Auto.

Letzten Endes hatte die Befragung nichts Neues erbracht. Sie fuhr zum Campingplatz, wo sie nach einigem Suchen das Zelt des Jungen fanden. Heike rüttelte an einer Spannleine und er öffnete verschlafen den Reißverschluss des halbrunden Eingangs. Bente ließ sich auch von ihm die Geschehnisse der letzten Nacht erzählen und verabschiedete sich danach. Seine Aussagen stimmten mit denen des Mädchens überein. Sie waren einfach zur falschen Zeit am falschen Ort gewesen und würden diese Nacht nie vergessen.

Zurück auf der Wache setzte sich Heike an die Akten des Gesundheitsamtes von den Frauen, die in dem Nachtclub in der Norderstrasse arbeiteten.

Der Club öffnete täglich um 21 Uhr, aber am Nachmittag könnten sie dort aufkreuzen und die Frauen befragen. Vielleicht würde sich irgendein Anhaltspunkt ergeben.

Bente telefonierte mit den Hafenmeistern von Hörnum und List, mit dem *Wasserstraßen- und Schifffahrtsamt* Tönning und dem *Amt für ländliche Räume* in Husum.

Nirgendwo hatte es in den letzten Wochen irgendwelche Unregelmäßigkeiten oder besondere Vorkommnisse gegeben.

Das Handy klingelte und zeigte einen Videoanruf von Günther Flackner an.

Neuerdings nutzte er mit zunehmender Begeisterung die Videofunktion, um seine Ergebnisse gleich zeigen zu können. Bente begrüßte dies, da es den Besuch und damit den abstoßenden Geruch erübrigte.

»Flackner, was gibt´s?«

Bente winkte ihren drei Kollegen zu. Sie sollten an dem Videotelefonat teilnehmen.

»Das Opfer ist zwischen fünfunddreißig und fünfundvierzig Jahre alt. Genauer lässt sich das leider nicht sagen.«

Er hielt die Handykamera auf den Obduktionstisch, auf dem die Leiche lag.

»Ihrer Anatomie nach zu urteilen, können wir mit Gewissheit sagen, dass sie mindestens einmal ein Kind geboren hat. Ihr Körper weist keinerlei alte Narben, Tätowierungen oder andere besondere Merkmale auf. Wir haben unter Zuhilfenahme der neuesten Technik ihr Gesicht rekonstruiert und schließlich eine Phantomzeichnung anfertigen lassen. Ich schicke sie dir aufs Handy. Aber keine Garantie, dass sie wirklich so ausgesehen hat! Das ist mehr Spielerei als Wissenschaft!«

Bente wusste, dass Phantomzeichnungen grundsätzlich nur ein Wegweiser waren und in den seltensten Fällen mit dem tatsächlichen Aussehen der gesuchten Personen übereinstimmten.

»Wir haben einen zahnmedizinischen Befund und Röntgenaufnahmen des Kiefers gemacht. Falls ihr eine Spur habt, können wir damit einen Abgleich machen.«

Bente nickte.

»Sie war 1,65 groß, blond und hellhäutig. Sie muss Brillenträgerin gewesen sein!«

»Wie habt ihr das denn herausgefunden?«

»Durch die Rekonstruktion des Gesichts sind tiefe Abdrücke an der Nasenwurzel zum Vorschein gekommen. Das weist auf eine Brille mit starken Gläsern hin. Kurzsichtig, würde ich aufgrund des Alters vermuten.«

Er sah sich suchend nach irgendetwas um.

»Die Kopfverletzung war nicht tödlich und ist wahrscheinlich erst nach Eintritt des Todes zugefügt worden.«

Wieder blickte er sich um, lüpfte kurz das weiße Leichentuch und drehte sich dann weiter um die eigene Achse.

»Narbengewebe und Arterien lassen den Schluss zu, dass ihre Hände eine beträchtliche Zeit nach ihrem Tod abgetrennt wurden.«

Heike seufzte hörbar auf.

»Ich sage bewusst abgetrennt, denn eine Amputation bedeutet immer eine Verödung der Gefäße und die Verschließung des Stumpfes mit Hautgewebe. In diesem Fall sehen die Schnittwunden und Knochenenden aus, als wären sie wie bei einem Tier entfernt worden. Ähnlich wie ein

Metzger, Jäger oder Fischer es tun würde. Höchstwahrscheinlich wurde ein Fleischermesser oder Beil benutzt.«

Flackners Stimme war emotionslos.

Bente sah zu Heike, Klemme und Timme. Ihnen stand das Grauen ins Gesicht geschrieben und ihr selbst ging es nicht anders.

Aber der sachliche Bericht von Flackner half, die Distanz aufrecht zu erhalten.

»Sonst noch was, Flackner?«

»Das Interessanteste kommt noch!«

Er legte eine kurze Pause ein und schwenkte mit seiner Handykamera herum.

»Hier ist sie!«

»Flackner, zeig uns nicht, was du gefunden hast, sondern sag es uns einfach!«, ermahnte Bente ihn.

»Entspann dich, Brodersen, ich habe nur meine Stulle gesucht!«

Er hielt ein Wurstbrot in die Kamera.

Wie konnte er in so einer Umgebung auch nur ans Essen denken?

Bente fiel ein, dass er gerade auf der Suche nach seinem Wurstbrot das Leichentuch kurz angehoben hatte, um hinunterzusehen. Flackner wurde ihr immer unheimlicher.

»Ehrlich, Flackner, wir sollen dir jetzt beim Essen zusehen?«

»Ich arbeite seit 4 für dich, Brodersen, und jetzt habe ich Hunger!«, konterte er trocken und biss in das Brot.

»Beim Öffnen ihrer Bauchdecke ist uns der Tod entgegengesprungen!«

»Der Tod?«

»Krebs! Sie hatte Bauchspeicheldrüsenkrebs im Endstadium. Wird die letzten Wochen nicht ohne starke Schmerzmittel überstanden haben.«

»Was heißt das genau? Wie lange hätte sie noch zu leben gehabt?«

»Bin ich Hellseher? Sie hätte auf alle Fälle jederzeit sterben können! Eigentlich hätte sie ins Hospiz gehört!«

Im Büro herrschte Stille. Alle sahen gebannt auf Flackner und seine Stulle, von der er erneut herzhaft abbiss.

»Da stimmt was nicht!«, bemerkte Heike.

Sie zwängte sich ins Sichtfeld des Handys.

»Wenn sie nun keine abgetrennten Gliedmaßen gehabt hätte, dann hätte man aufgrund ihrer Obduktionsergebnisse durchaus den Schluss ziehen können, dass sie in dieser ausweglosen Situation eventuell Selbstmord begangen hätte, indem sie auf irgendeinem Schiff über Bord gesprungen wäre, oder?«

»Nicht ganz, denn sie ist nicht ertrunken, sondern vergiftet worden. Wir haben Aconitum nachgewiesen.«

»Vergiftet?«, rief Bente.

»Das sagst du uns jetzt erst?«

»Immer der Reihe nach! Wir haben minimale Reste vom Blauen Eisenhut im Lungengewebe feststellen können. Bereits ein bis zwei Gramm dieser Pflanze sind tödlich. Das Opfer muss kurz vor seinem Tod unter extremem Durchfall und Erbrechen gelitten haben. Das sind klassische Nebenwirkungen bei Vergiftung durch den Blauen Eishut. Es gibt übrigens keinerlei Hinweise auf eine Vergewaltigung, ein Sexualverbrechen könnt ihr also ausschließen.«

Wieder biss er von seiner Stulle ab.

»Guten Hunger!«, bemerkte Bente sarkastisch. »Hast du einen genauen Todeszeitpunkt?«

»Reicht dir das noch nicht, Brodersen? Wir haben hier Vollgas gegeben. Den Todeszeitpunkt zu bestimmen, ist bei Wasserleichen sehr ungenau und beschränkt sich auf einen Zeitraum von Wochen und nicht Tagen! Wir sind dran!«

»Wie lange dauert das noch?«

Auch wenn Flackner keine Leichen, Teile von Leichen und andere blutige Grausamkeiten aus der Fassung brachten, so war er dennoch eine Mimose.

»Ich rufe an, sobald ich was habe. Solange wirst du dich gedulden müssen!«

Damit beendete er den Anruf und Bente wandte sich an ihr Team:

»Ihr habt es gehört, es muss eine Krankenakte von dieser Frau geben! Das ist zumindest ein Anhaltspunkt! Trotzdem durchsuchen wir weiter die Vermisstenanzeigen, auch in Dänemark und England. Die sind von der Wasserseite am nächsten dran. Nehmt euch auch die Hospize vor. Vielleicht hat sie dort einen Platz angefragt.«

»Dann lassen wir den Gedanken mit dem Bordell fallen?«, fragte Heike.

»Vorerst ja, das können wir auf später verschieben.«

Sie verbrachten den ganzen Tag mit Telefonaten, Anfragen per Mail und Internetrecherche. Die föderalistische Struktur der deutschen Polizei stellte wieder einmal eine Herausforderung dar. Bente verfluchte dieses System nicht zum ersten Mal, da es eine erhebliche Mehrarbeit bedeutete. Keine Polizeimeldung der letzten Wochen brachte sie weiter.

Die Antworten der Unikliniken und Hospize würden nach und nach eingehen, aber die Aussicht auf Erfolg war gering.

Gegen Abend, als Bente mit Ulrike nachhause spazierte, dachte sie über den perfekten Mord nach.

Ein nicht zu identifizierendes Opfer war schon mal eine der Hauptzutaten. Dazu kein Motiv, kein Tatort, kein Umfeld. Nur eine Leiche.

Morgen würden die ersten Zeitungen über diese Wasserleiche berichten und das Telefon würde nicht still stehen.

Besorgte Bürger und Leute, die irgendetwas Verdächtiges bemerkt haben wollten, würden viel Zeit in Anspruch nehmen. Sie musste eine Anrufumschaltung einrichten lassen. Diese Aufgabe konnte sie mit ihrem Team nicht übernehmen.

Bente kannte die Vergiftungssymptome des Blauen Eisenhuts. Der Tod trat zwischen einer und drei Stunden nach Einnahme ein. Es war ein grausamer, schmerzvoller Tod.

Sie bog von der Promenade in die Friedrichstraße ab und plötzlich überlief sie eine Gänsehaut. Ulrike stellte die Rute auf und witterte in Richtung der verlassenen Strandkörbe. Sie bellte aufgeregt und einige Möwen erhoben sich von dem Geländer an der Promenade.

Als ob mich jemand beobachtet!

»Aus, Ulrike! Alles gut.«

Bente versuchte, zu erkennen, was Ulrike so aufgebracht hatte.

Zahlreiche Menschen waren hier spazieren, aßen Eis und standen in Grüppchen zusammen. Nichts daran war ungewöhnlich, aber das mulmige Gefühl blieb.

Sie ging die Fußgängerzone hinunter und drehte sich mehrfach abrupt um. Niemand folgte ihr. Sie bog in die Boysenstraße ein, wo sich ihre Wohnung befand.

Als sie die Haustür aufschloss, drehte sie sich noch einmal um und scannte ihre Umgebung.

Fehlanzeige.

Die Tür fiel hinter ihr und Ulrike ins Schloss. An der Ecke zur Friedrichstraße löste sich eine Person aus dem Schatten einer Markise und entfernte sich in Richtung Bahnhof.

Kapitel 6

Die hellen Gummihandschuhe gingen die Unterarme hinauf bis zu seinen Ellenbogen.

Das Blut hatte eine braune Färbung angenommen und der Geruch legte sich auf Haut und Kleidung.

Der Tod aus dem Meer hatte einen ganz eigenen Gestank. Einen, der im krassen Kontrast zu der Frische des Meeres stand.

Er holte das Lederetui heraus, öffnete den Riemen und wickelte es auf. Das Messer mit der langen, kräftigen Klinge und dem über die Jahre abgewetzten Walnussholzgriff hatte schon sein Großvater benutzt. Er hatte es von ihm geerbt.

Das war Tradition. Das jüngste männliche Familienmitglied erbte dieses Messer.

Er würde es nicht vererben.

Die Klinge bestand aus gehärtetem Stahl.

Es war nicht notwendig, das Messer zu schleifen, aber es war sein tägliches Ritual.

Er ließ es über den Wetzstab gleiten und ergötzte sich an dem feinen, kratzenden Geräusch.

Jeden Morgen, noch vor Sonnenaufgang, war er der Erste in der Fischhalle am Hafen von Hörnum.

Er vollzog dieses Ritual, bevor er sich an die Kisten mit dem Fisch machte.

Die Mitarbeiter in der Fischhalle kannten ihn und nahmen keine Notiz von ihm. Er war ein komischer Kauz, was nicht nur daran lag, dass sich in seiner rechten Augenhöhle ein Glasauge befand, sondern vor allem, weil er nicht redete. Gar nicht.

Dass die Kollegen ihn nicht hänselten oder mobbten, lag daran, dass er der Sohn vom Chef war.

Henning Thomsen war vierzig, groß und muskulös. Seine Haare lockten sich um sein markantes Gesicht und er trug jeden Tag frischgewaschene Klamotten. Er war trotz des Glasauges eine attraktive Erscheinung, aber das Maximum an Kommunikation, das er aufbrachte, war ein dumpfes Grunzen, verbunden mit einem Kopfnicken oder -schütteln.

Mit einer anmutigen Bewegung beförderte er eine fangfrische Makrele aus der Plastikbox auf den Holztisch vor ihm.

Den Fisch mit dem Bauch nach oben haltend, setzte er die Klinge kurz vor der Schwanzflosse an.

Sie glitt in das Fleisch und mit einem einzigen Schnitt öffnete er die Makrele bis hin zu den Kiemen und durchtrennte die Kehle kurz vor dem Kiemenbogen.

Er löste die Innereien und warf sie in den noch leeren Abfalleimer.

Dann nahm er einen kurzen Schlauch und spülte den Fisch aus, bevor er ihn in die mit Eis gefüllte Styroporkiste auf dem Boden warf.

Zwei Mitarbeiter kamen zu ihrem Schichtbeginn herein und grüßten ihn.

»Moin, Henning.«

Er grunzte und griff nach der nächsten Makrele.

Als er alle Makrelen ausgenommen hatte, hielt er inne und summte eine Melodie.

Die Mitarbeiter, die ihm am nächsten standen, unterbrachen ihre Arbeit und staunten. Das hatte es noch nie gegeben.

»Oh, Henning ist verliebt!«, säuselte einer und lachte. Drei weitere Mitarbeiter stiegen in das Lachen ein, doch es blieb ihnen im Hals stecken, als sie seine Bewegungen verfolgten. Erst hatte es wie ein Tanz ausgesehen, aber jetzt erkannten sie, was Henning pantomimisch darstellte.

Er hielt sein Messer fest mit der rechten Hand umschlossen und vollführte eine Choreographie des Grauens.

Es sah aus, als übte er, jemandem von hinten die Kehle durchzuschneiden.

Nachdem er diese Bewegung einige Male wiederholt hatte, verstummte das Summen und er wischte das Messer an der blutbesudelten Schürze ab. Dann wickelte er es wieder in die geschmeidige Lederhülle und lächelte zufrieden.

Jeder Mitarbeiter in der Fischhalle konzentrierte sich auf seine Arbeit und vermied es, den Juniorchef anzustarren.

Kapitel 7

In der vergangenen Nacht waren Wertgegenstände aus mehreren Wohnmobilen geklaut worden.

Genau deswegen hatte sie sich auf den Posten der Dienststellenleitung auf Sylt beworben. Sie wollte nicht mehr ausschließlich Mörder jagen. Ihr Nervenkostüm war mit den Jahren dünner geworden und sie hatte die Gedanken an die Schicksale der Opfer und ihrer Angehörigen nicht mehr zum Feierabend abschalten können. Deswegen hatte sie die Reißleine gezogen, bevor ein Polizeiarzt die Diagnose Burn-out stellen würde. Hier auf Sylt war Mord und Totschlag die Ausnahme der Regel.

Als die Meldung über die diversen Wohnmobileinbrüche hereingekommen war, hätte Bente fast *Juchuu* gerufen, denn es lenkte sie ab von dem grausamen Leichenfund am Strand.

»Wie geht das, nachts in ein Womo einzubrechen? Die Leute schlafen da doch drin!«, fragte sie Timme.

»Viele haben Fahrräder dabei und lassen ihr Fahrzeug auf dem Stellplatz stehen. Einige kommen dann erst spät zurück.«

Klemme nickte und übernahm das Wort:

»Erkennt man meist sehr leicht, wenn man das Fahrzeug vorher beobachtet hat und die Fahrräder dann fehlen. Viele Wertsachen verbleiben einfach in den Campingmobilen.«

Klemme erstellte für jeden Einbruch eine Liste der gestohlenen Gegenstände und Heike und Timme sicherten Spuren an den Wohnmobilen, die den Parkplatz vor der Polizeiwache belagerten.

Offensichtlich handelte es sich um eine kleine Bande, die gezielt und zeitgleich auf mehreren Stellplätzen zugeschlagen hatte.

Bente ordnete an, dass in der nächsten Nacht verstärkt Streife gefahren werden sollte. Polizeipräsenz war die erfolgreichste Präventivmaßnahme.

Ihr alter Bulli war zwar als Campingbus ausgebaut, aber es war lange her, dass sie darin geschlafen hatte. Trotzdem konnte sie mit den Geschädigten mitfühlen.

Sie hockte sich hinunter zu Ulrike unter den Schreibtisch.

»Na, mein Mädchen, wollen wir heute mal campen gehen?«

»Versteckst du dich vor mir, Brodersen?«

Hansens tiefe Stimme erschreckte sie und sie schlug mit dem Kopf an die Unterseite des Tisches.

»Aua! Mein Gott, Hansen, hast du nichts Besseres zu tun, als hier aufzutauchen? Du bist in Rente!«

Sie schnauzte ihn mit schmerzverzerrtem Gesicht an, aber Hansen grinste nur.

»Ich kann nix dafür, dass du so tumbig bist! Außerdem besuch ich nicht dich, sondern Ulrike!«

Er beugte sich hinunter, denn die Labradorhündin hatte längst zu seinen Füßen Platz genommen und himmelte ihn schwanzwedelnd an.

Strahlend verfütterte er eine Frikadelle an Ulrike.

»Sind ungewürzt, hat Hilde extra gemacht!«, murmelte er verlegen, als Bente ihn stirnrunzelnd ansah.

»Hab gehört, euch ist eine Wasserleiche an den Strand gespült worden?«

»Also doch!«

»Mensch, Brodersen! Ich hab vierzig Jahre an diesem Platz gesessen, mir kannst du den Stand der Ermittlungen mitteilen!«

»Das heißt, du kommst gar nicht wegen Ulrike, sondern bist nur neugierig?«

Hansen blickte seine Nachfolgerin kopfschüttelnd an.

»Wer bist du, meine Mutter?«

»Dann müsste ich ja der älteste Mensch auf Erden sein!«, lachte Bente.

»Vorsicht, ich bin gerade mal sechsundsechzig!«

Heike kam herein und strahlte ihren alten Chef an.

»Mit sechsundsechzig Jahren, da fängt das Leben an...«, trällerte sie den Udo Jürgens-Schlager.

Sie mochte den alten Hansen.

»Dat is nich wohr, mien Deern. Glöv dat nich!«

Er ließ sich ächzend auf einem Schreibtischstuhl nieder.

»Was ist jetzt, wollt ihr mir davon erzählen?«

»Nein!«, antworteten Bente und Heike wie aus einem Mund.

»Wir haben jede Menge mit diesen Wohnmobileinbrüchen zu tun, da können wir nicht auch die Seniorenbetreuung übernehmen!«, kicherte Heike.

»Wohnmobileinbrüche? Braucht ihr da Hilfe?«

»Hansen, was ist los?«

Bente sah ihn stirnrunzelnd an.

Er zögerte kurz.

»Mir ist stinklangweilig zuhause! Ich habe alles repariert, vom Keller bis zum Dachboden alles aufgeräumt, das Auto ist gewaschen, die Fahrräder sind rostfrei und die Hausfassade ist gestrichen. Der Rasen macht dem Golfclub Konkurrenz und alle Büsche sind gestutzt. Hilde hat berechtigte Angst, dass ich Figuren aus den Buchsbaumkugeln schneide!«

»Und da willst du jetzt uns auf die Nerven gehen?«

»Ich kann helfen!«

»Darfst du aber nicht! Oder willst du die Dienstwagen auch noch waschen?«, frotzelte Bente.

Hansen tat ihr leid, aber er konnte nicht einfach auftauchen und mitarbeiten. Das war hier schließlich keine Schülerzeitung, wo jeder mal einen Beitrag leisten konnte, wenn er Lust dazu hatte.

»Wohnmobileinbrüche. So, so!«, murmelte er in seinen ergrauten Bart.

»Bau keinen Scheiß, Hansen!«, ermahnte ihn Bente.

Sie hatte so eine Ahnung, dass er sich einfach nachts mit seinem Wagen auf die Wohnmobilstellplätze stellen und Hobbypolizist spielen würde.

Ihr war die gleiche Idee gekommen und das bedeutete eigentlich, dass auch ihr stinklangweilig war, aber sie wollte es sich nicht eingestehen und verwarf den Gedanken, bevor er ihr schlechte Laune bereitete.

»Warum fragst du nicht drüben bei den Kollegen, ob die einen Hausmeister brauchen?«, fragte Heike und zeigte grinsend auf den großen Containeranbau, der die Wache beherbergte. Es war Hochsommer, die Insel war brechend voll und es gab mehr als genug Arbeit.

Bente schüttelte den Kopf. Ihr war klar, dass Hansen nicht in der Dienststelle ein- und ausgehen durfte.

Die Frikadelle war restlos an Ulrike verfüttert und als Hansen wieder ging, grübelte sie darüber nach, ob auch sie sich in der Rente so ungebraucht und nutzlos vorkommen würde?

Klemme riss sie aus ihren Gedanken.

»Ich habe Daten vom Deutschen Wetterdienst und dem Seeschiffahrtsamt erhalten.«

»Und?«

»Ich werd da nicht schlau draus, habe aber meinen Kumpel Sören gefragt, dessen Vater ist Fischer unten in Hörnum.«

»Du hast hoffentlich keine Details genannt?«, fragte Bente gereizt.

Klemme schüttelte den Kopf.

»Natürlich nicht, aber jeder weiß schon davon, jedenfalls das, was in der Zeitung steht!«

Bente wusste, dass die Pressestelle des LKA in Kiel eine Pressemeldung herausgegeben hatte. Sie wollte vorerst nicht mit Journalistenanfragen behelligt werden.

»Sörens Vater sagt, dass die See in den letzten Wochen ruhig war, eigentlich ungewöhnlich ruhig. Wenn eine Leiche bei uns an der Westküste der Insel angeschwemmt wurde, dann kann die nur mit dem Jütlandstrom gekommen sein. Der kommt von Süden und wirkt sich bis zum Skagerrak aus.«

»Also muss die Frau von weit draußen über Bord gegangen sein?«

Klemme schüttelte erneut den Kopf.

»Normalerweise ja, aber weil die See so ruhig war, kann die Frau auch unmittelbar vor der Insel mit der Unterströmung von Ebbe und Flut wie ein Korken hin- und hergetrieben sein.«

»Moment, heißt das, bei ruhigem Wetter ist diese, wie heißt die Strömung?«

»Jütlandströmung.«

»Also diese Jütlandströmung nicht so kräftig?«

»Nein! Die Jütlansströmung zieht weiter draußen an der Insel vorbei und bleibt vom Wetter unbeeinflusst. Aber hier vor der Insel läuft eine Strömung direkt auf Westerland zu. Wenn man jetzt die Gezeiten miteinbezieht, dann ....«

»Dann?«

Bente sah ihn ungeduldig an.

»Äh, ich bin kein Fachmann, aber der Fischer hat mir erklärt, dass alles, was in den letzten Wochen vor Sylt ins Wasser geworfen wurde, hier vor der Insel rumschwimmt. Ist ein bisschen makaber, aber das gilt sowohl für Müll als auch für eine Leiche.«

»Wenn das so ist, dann haben wir einen Mordfall auf Sylt!«

»Äh. Ich dachte, den haben wir bereits?« Timme sah fragend in die Runde.

»Eben nicht!«, klärte Heike ihn auf.

»Bisher gingen wir davon aus, dass die Frau weit weg von Sylt über Bord geworfen wurde, dann ist Sylt nur der Fundort. Jetzt aber, nach Aussage des Fischers, könnte hier auch der Tatort sein!«

»Was bedeutet, dass wir einen Mörder auf der Insel suchen müssen.«, ergänzte Bente.

Timme stöhnte auf.

»Die ist seit Wochen tot, der Mörder kann längst über alle Berge sein. Hier kommen hunderte Touristen stündlich an! Segelyachten und Motorboote legen an und ab. Wenn jemand seine Frau umbringen wollte, wäre der doch längst wieder weg.«

Bente legte ihre Stirn in Falten.

»Nein, eine Yacht wäre weit rausgefahren und der Mörder hätte erstens alles daran gesetzt, dass die Leiche nicht wieder auftaucht und zweitens werden Personalien beim Hafenmeister angegeben und andere Leute im Hafen hätten ihn sehen können.«

Klemme und Timme wechselten einen Blick und gaben auf.

»Okay, was heißt das jetzt in unserem Fall?«

»Dass wir uns fragen müssen, wer sie ermordet und ins Wasser geworfen haben könnte.«

»Ich dachte, das tun wir die ganze Zeit?«, rief Klemme verzweifelt.

Heike fasste die neue Situation für ihn zusammen.

»Wir vertrauen mal der Erfahrung des Fischers, also dem Vater deines Freundes. Dann muss jemand von der Insel rausgefahren sein und die Frau über Bord geworfen haben.«

»Und sie muss da auch nicht mehr gelebt haben!«, warf Timme eifrig ein.

»Höchstwahrscheinlich nicht!«, pflichtete Bente ihm bei.

»Laut Obduktion ist sie an Gift gestorben und danach ins Wasser geworfen worden, was bedeuten würde, der Mord wurde hier auf Sylt begangen! Jemand muss ihr das Gift verabreicht haben. Und wahrscheinlich wurden ihr die Hände auch an Land abgetrennt.«

»Ob der Mörder von hier oder vom Festland kommt, können wir nur mutmaßen, aber seltsam bleibt allemal, dass es keine Vermisstenanzeige gibt.«, murmelte Heike vor sich hin. Klemme reagierte sofort.

»Vielleicht lebte sie allein. Es gibt viele Menschen, die allein leben, da wird erst nach Wochen festgestellt, dass die tot in der Wohnung liegen.«

Timme kaute wieder einmal an dem Ende seines Kugelschreibers. Er dachte nach. Schließlich erhob er sich und sagte:

»Wir können es drehen und wenden, wie wir wollen. Solange wir nicht wissen, wer sie ist, werden wir weiterhin im Dunklen stochern. Ich geh mal nachsehen, ob wir mittlerweile ne Antwort von einem der Krankenhäuser haben.«

»Warte noch kurz!«, bat Heike.

»Von den Frauen, die beim Gesundheitsamt registriert sind und in dem hiesigen Nachtclub arbeiten, wird keine vermisst. Eine Adresse aus Hamburg habe ich noch, von einer gewissen Tatjana Trenkowitsch. Die soll vor drei Wochen wieder abgereist sein. Hat wohl nicht in das Etablissement gepasst, sagen jedenfalls die anderen.«

»Bitte die Kollegen aus Hamburg um Amtshilfe. Die sollen nur mal vorbeifahren und sehen, ob sie sie antreffen.«, seufzte Bente.

Sie hatte zunehmend Zweifel an ihrer eigenen Theorie, dass es bei dem Mord an der Frau um eine Abschreckungstat aus dem Rotlichtmilieu ging.

»Ich glaube nicht mehr an eine Verbindung zum Sylter Rotlichtmilieu!«, äußerte sie ihre Bedenken.

»Warum nicht?«

»Die Frau hatte Bauchspeicheldrüsenkrebs im Endstadium. Sie hätte schon lange nicht mehr als Prostituierte arbeiten können.«

»Aber vielleicht ist sie eine Ehemalige und wollte jemanden aus dem Milieu erpressen?«

Bente dachte über Heikes Einwand nach.

»Okay, ich möchte, dass wir da zumindest dran bleiben! Schließlich haben wir momentan noch nichts, dem wir nachgehen könnten.«

»Wo dran?«

Timme hob den Kopf.

»Sorry, ich hab grad die Mails gecheckt. Bisher keine Patientin, auf die die Beschreibung passt. Also, wo bleiben wir dran?«

»Rotlichtmilieu! Es gibt ja mehr Prostitution auf der Insel, als nur in dem Nachtclub in der Norderstrasse. Lasst uns ein bisschen da herumstochern. Mal sehen, ob wir jemanden aufscheuchen!«

Heike wirbelte mit ihrem Bürostuhl herum.

»Ich kann versuchen, herauszufinden, ob es noch andere Fälle von Vergiftungen mit Blauem Eisenhut gibt.«

»Versuch dein Glück!«

Bente streckte ihr den erhobenen Daumen entgegen.

»Die meisten Fälle werden gar nicht erst entdeckt. Blauer Eisenhut hat Arsen als klassisches Erbgift abgelöst. Es wird gern älteren Menschen verabreicht.«

Bente erinnerte sich an einen Fall vor einigen Jahren.

»Der Tod tritt relativ schnell ein und gerade bei alten Menschen wird nicht viel nachgefragt, wenn sie sterben, zumal die Vergiftungserscheinungen den Symptomen eines Magen-Darm-Infektes gleichen. Bei Bewohnern von Alten- und Pflegeheimen wird selten eine Obduktion durchgeführt.«

»Das hört sich an, als wären solche Heime ein Eldorado für Giftmörder! Meine Tante lebt in einem in der Nähe von Osnabrück.«

»So schlimm sollte es gar nicht klingen. Ich wollte nur sagen, dass die Dunkelziffer hoch ist. Versuch einfach, ob du andere Fälle findest!«

»Okay.«

»Und die Wohnmobileinbrüche? Was machen wir mit denen?«, fragte Klemme seine Chefin.

»Wir zeigen die nächsten Nächte verstärkt Polizeipräsenz auf den einschlägigen Stellplätzen und ansonsten ist das dann wohl ein Fall für die Versicherungen. Ulrike und ich werden heute nacht mal campen. Wozu habe ich schließlich einen Campingbus!«

»Wow, undercover!«, grinste Klemme.

»Nö, einfach mal Tapetenwechsel!«

Damit verließ Bente mit Ulrike die Dienststelle, um sich etwas Schlaf zu gönnen, bevor sie sich heute Nacht auf die Lauer legen würde.

Seit sie auf Sylt lebte, war sie nicht ein einziges Mal dazu gekommen, in ihrem Bus zu übernachten. Das lag weniger an der fehlenden Zeit als vielmehr an der Nähe ihrer Wohnung zum Strand. Wozu also sollte sie campen?

Aber jetzt freute sie sich auf die willkommene Abwechslung!

Kapitel 8

An einem Tisch vor Thomsens Fischimbiss in Westerland saß kurz vor Feierabend um 22 Uhr ein junger Mann mit langen, verfilzten Haaren. An seinem Stuhl lehnte ein großer Rucksack.

Der Mitarbeiterin, die die Spätschicht hatte, war er schon zu Dienstbeginn aufgefallen. Er hatte in den vergangenen Stunden immer wieder kleine Gerichte und Getränke geordert.

Wahrscheinlich wartete er auf jemanden oder genoss einfach nur die Aussicht.

Als sie die Tische, Stühle und Barhocker mit einer Kette für die Nacht zusammenschloß, stand er auf und stellte sich vor das Schaufenster der benachbarten Boutique.

Die Mitarbeiterin überlegte, den jungen Mann zu fragen, ob er Hilfe bräuchte. Als sie alle Tische gesäubert und zusammengestellt hatte, trat sie einen Schritt auf ihn zu. In diesem Moment bog ihr Chef um die Ecke und der junge Mann entfernte sich.

Jeden Abend kam der Chef persönlich vorbei, um die Tageseinnahmen abzuholen.

Diese Aufgabe übertrug er keinem Sicherheitsdienst und auch keinem Mitarbeiter. Er vertraute niemandem. Das Personal bestand fast ausnahmslos aus Schülern, Studenten und ungelernten Hilfskräften. Alle bekamen den Mindestlohn und die Preise waren derart gestaltet, dass wenig Trinkgeld gegeben wurde.

Die fehlende Anerkennung für diesen Knochenjob und das cholerische Auftreten des Chefs vereinte die Kollegen und führte zu einem freundschaftlichen Miteinander. Das war der Grund, weshalb die jungen Leute sich keinen anderen Job suchten. Außerdem bedienten sie sich ungefragt an Essen und Trinken während ihrer Arbeitszeit. Das war zwar verboten und bedeutete bei Verstoß die fristlose Kündigung, aber alle waren sich einig, dass der Chef es nicht anders verdient hatte.

Die Mitarbeiterin folgte ihrem Chef in den winzigen Aufenthaltsraum, in dem die Pausen verbracht werden konnten und der große Safe stand. Sie nahm ihren leichten Mantel von dem Garderobenständer.

»Ich geh dann jetzt, schönen Abend noch!«

»Morgen pünktlich um viertel vor zehn!«

Sie nickte und verließ grinsend den Imbiss. Noch nie hatte sie ein nettes Wort von ihrem Chef bekommen. Kein *schönen Feierabend* oder *gut gemacht*. Egal, sie würde direkt an den Strand gehen, wo sie sich mit einigen Kollegen treffen und ein Feierabendbier trinken würde. Sollte der Chef doch in seinem Geldspeicher baden gehen!

Hinnerk Thomsen schloss hinter dem Mädchen ab und ging schnurstracks hinter den Tresen. Er öffnete die Kassenschublade und nahm das Geld heraus. Die Kasse wurde mehrmals am Tag geleert. Ersatzkassenschubladen lagen im Safe und mussten nur ausgetauscht werden. Keiner seiner Mitarbeiter durfte die Einnahmen zählen. Er wurde von ihnen bestohlen und betrogen, das war ihm bewusst und ärgerte ihn maßlos, aber es war schwierig, diesem hinterhältigen Pack etwas nachzuweisen. Die Überwachungskameras ließen sich überlisten und im Aufenthaltsraum hatte er die Kamera entfernen müssen. Eine dieser Gören hatte eine anonyme Anzeige beim Ordnungsamt gestellt. Privatsphäre, hatte es geheißen! Diebstahl war das! Er war ausgerastet, hatte alle vor die Tür gesetzt und selbst einen Tag den Laden am Laufen gehalten. Aber die Kamera im Aufenthaltsraum hatte er nicht wieder installiert. Die vom Ordnungsamt ließen nicht mit sich spaßen.

Es wurde allerhöchste Zeit, dass er einen Nachfolger bekam! Der musste erst noch geboren werden und er war schon zweiundsechzig!

Thomsens Fischimbisse wurden in der ganzen Republik in einem Atemzug mit Sylt genannt. Wie die Sansibar und das Gogärtchen. Alles Alteingesessene und er war einer von ihnen! Sein Großvater war noch Fischer gewesen und sein Vater hatte Ende der fünfziger Jahre, als das deutsche Wirtschaftswunder Touristen wie Heuschrecken auf die Insel gebracht hatte, den Schritt in die Gastronomie gewagt.

Ein kleiner Imbiss am Hörnumer Hafen war der Anfang gewesen, aber es waren schnell mehrere Filialen auf der Insel dazugekommen.

Als sein Vater abgedankt hatte, war er froh gewesen. So hatte er auf das Festland expandieren können. Dagegen hatte sich der alte Tyrann immer gesträubt.

Dass die Thomsens zu den Reichen auf der Insel gehörten, war allein sein Verdienst. Aber sein schwachsinniger Sohn schied als Nachfolger ebenso aus wie die Sippschaft seiner Frau. Das waren alles Taugenichtse, die auf seine Kosten regelmäßig Urlaub auf Sylt machten. Familienzusammenhalt nannten die das! In seinem Haus, von seinem Geld!

Er würde sich persönlich um die Aufzucht eines würdigen Nachfolgers kümmern. Das hätte er schon bei Henning tun sollen. Den Fehler würde er nicht noch einmal machen.

Wenn der Döskopp auf ihn gehört hätte, würde die Lage heute anders aussehen!

Bei seiner Geburt hatte er Martha gesagt, sie solle einen ganzen Mann aus ihm machen. Er würde einmal das Geschäft übernehmen! Sie aber hatte ihn verweichlicht und ihm Flausen in den Kopf gesetzt. Eine Gitarre hatte sie ihm zum zehnten Geburtstag geschenkt. Er war einen Tag später mit einer großen Angel und einem Paar Watstiefel angekommen. Das waren die richtigen Geschenke für den Stammhalter gewesen!

Grummelnd und unzufrieden verließ er mit den Tageseinnahmen den Laden durch den Lieferanteneingang.

Der junge Mann stand in einem Hauseingang und schulterte seinen Rucksack. Er hatte keine Eile. Es war ihm egal, ob er noch ein paar Tage länger auf der Straße lebte. Es gab Schlimmeres.

Er würde den richtigen Moment abpassen. Sein Ziel befand sich in Reichweite und funktionierte wie ein Werk. Es hatte nur einen Tag gebraucht, um das Leben dieses armseligen Mannes auszukundschaften. Die Wortfetzen, die er von den Mitarbeitern des Imbisses innerhalb der letzten Stunden aufgeschnappt hatte, passten in sein Bild.

Er würde ihn mit der Wahrheit konfrontieren.

Bente machte es sich mit Ulrike in ihrem Bulli gemütlich.

Auf einem Wohnmobilstellplatz in den Dünen stellte sie das Aufstelldach hoch und schenkte sich Selter in ein Rotweinglas.

Sie musste nüchtern sein, falls etwas vorfallen würde.

Die anderen Wohnmobilisten um sie herum kochten und brieten in ihren Autos.

Sie bestellte sich eine Pizza und ließ sie auf den Stellplatz liefern.

Als Stammkundin und Dienstellenleiterin des Kommissariats wurde für sie eine Ausnahme gemacht.

Als der kleine Pizzaflitzer auf den Stellplatz gefahren kam und Bente ihn mit der Taschenlampe zu sich lotste, staunten die anderen Camper und schüttelten pikiert den Kopf. Das war nicht der Naturgedanke, der beim Camping im Vordergrund stehen sollte.

Bente war das egal, sie setzte sich in ihren Klappsessel vor den Bulli, starrte in den Sternenhimmel über der Nordsee und aß ihre Pizza. Den Rand ließ sie einfach für Ulrike fallen.

Plötzlich spürte sie das gleiche Unbehagen wie vor ein paar Stunden in der Stadt. Als ob sie beobachtet würde! Aufmerksam beäugte sie die Umgebung, aber sie war allein. In den Wohnmobilen waren die Lichter ausgegangen und niemand schlich auf dem Stellplatz herum.

Ganz automatisch tätschelte sie Ulrikes Kopf.

»Wir passen aufeinander auf!«, säuselte sie ihr in dem typischen Ton zu, mit dem Haustierbesitzer zu ihren Lieblingen sprachen. Sie war da keine Ausnahme. Ulrike war ihr ständiger Begleiter und musste diese Vermenschlichung ertragen!

Noch machte Bente das Alleinsein nichts aus, aber immer häufiger fragte sie sich, ob sie auf ihre alten Tage noch einmal eine Partnerschaft eingehen wollte. Sie dachte an ihre gescheiterten Beziehungen und seufzte. Nie wieder wollte sie diesen Trennungsschmerz erleben! Aber sie erinnerte sich auch an die leidenschaftlichen ersten Wochen mit wenig Schlaf und Schmetterlingen im Bauch.

Sie suchte den Nachthimmel nach Sternenbildern ab. Es war faszinierend, wie klar die Sterne ohne das Lichtermeer einer nahen Großstadt leuchteten.

Irgendwann gegen Mitternacht schlurfte ein Mann auf den Platz. Bente nahm seine abgerissene Kleidung und die Dreadlocks, die unter der Schirmmütze hervorlugten, im Schatten ihrer Petroleumlampe wahr.

Er nahm keine Notiz von ihr oder einem der Wohnmobile, sondern stellte lediglich ein Wurfzelt im Dünensand auf und verschwand darin.

Zwar war es verboten, auf dem Wohnmobilstellplatz zu zelten, aber es kam hin und wieder vor, dass Wildcamper ihre Zelte aufbauten. Er war spät gekommen und würde wahrscheinlich im Morgengrauen wieder verschwinden.

Sie ließ den Mann gewähren.

Wenn er in ein Wohnmobil einbrechen wollte, hätte er nicht erst sein Zelt aufgestellt.

Irgendwann schlief Bente über Ulrikes rhythmisches Schnarchen ein.

Als sie am nächsten Morgen erwachte, war das Zelt weg.

Kapitel 9

Wenn du die Polizei einschaltest, bist du deinen Job los und kannst gleich einpacken. Ich garantiere dir, du bekommst in ganz Deutschland in keinem Nachtclub mehr ein Zimmer. Sowas spricht sich rum!«

»Es ist mir egal! Sieh, was er mit mir gemacht hat. Das soll er büßen und mit keiner Frau mehr machen!«

Ivonka schluchzte und drückte ihren Rücken durch, um den dünnen Stoff des Morgenmantels von den offenen Wunden abzuhalten. Ihr Dialekt verriet ihre polnische Herkunft.

Jede Bewegung schmerzte. Ihre Lippe war blutverkrustet und ihr Oberkörper übersät mit blauen Flecken und blutenden Striemen.

Im ersten Stock in der Norderstrasse über dem Nachtclub saßen die zwei Frauen in der kleinen Gemeinschaftsküche, die spartanisch mit zwei Kochplatten, einer Mikrowelle und einem Kühlschrank ausgestattet war. Ein runder Tisch und zwei Stühle füllten den Rest des Raumes aus.

»Er hat mich vergewaltigt!«

Ivonka Poroschenko war eine 23-jährige Prostituierte aus Radzymin, einer kleinen Stadt in der Nähe von Warschau.

Mit ihrer zierlichen Statur war sie dem großen Mann nicht gewachsen gewesen.

Vor knapp einer Woche war sie hier auf die Insel gekommen. Sie bezahlte eine horrende Miete für das neun Quadratmeter kleine Zimmer und von ihren Einnahmen gingen Anteile an den Nachtclubbesitzer und die Agentur, die sie und viele weitere Frauen aus Polen nach Deutschland vermittelt hatte.

»Das ist ja das Problem. Uns glaubt niemand, dass wir vergewaltigt wurden.«

Peggy arbeitete bereits das zweite Jahr auf Sylt und kannte die Kunden sehr genau.

»Ich will, dass er dafür bezahlt, was er mir angetan hat!«

Peggy beugte sich vor und nahm ihre Hand.

»Was hat man dir gesagt, wie lange du bleiben kannst?«

»Erstmal drei Monate und dann sehen wir weiter!«

Peggy nickte.

Sie hatten das gleiche Spielchen mit Tatjana gemacht, die vor drei Wochen den Club Hals über Kopf verlassen hatte. Sie passte genau in sein Beuteschema. Klein, zierlich und blond. Mittlerweile hatte sie das ein halbes Dutzend Mal miterlebt. Die Intervalle waren in letzter Zeit kürzer geworden.

Ivonka war die Zweite innerhalb von sechs Wochen, die dran glauben musste.

»Er holt sich immer die kleinen, blonden Frauen!«

»Was sagst du da?«

»Er ist ein Stammkunde und Gerry besorgt ihm kleine, blonde Frauen.«

»Willst du damit sagen, dass Gerry es gewusst hat?«

Ivonka war fassungslos.

»Natürlich, denkst du, in diesem Club passiert irgendetwas, von dem er nichts weiß?«

»Das Schwein!«

»Der Alte zahlt ihm ein Vermögen!«

Die Polin starrte ihre Kollegin ungläubig an.

»Es tut mir leid, Schätzchen, aber er hat dich extra seinetwegen eingestellt.«

Offiziell arbeitete natürlich keine der Frauen für Gerry. Er war lediglich ihr Vermieter und sie zahlten eine Wuchermiete für das Zimmer, in dem sie tagsüber wohnten und nachts arbeiteten. Abends im Club hatten sie ein Mindestsoll an Getränkeumsatz zu erfüllen, andernfalls mussten sie für die Differenz aufkommen.

Sie waren alle selbstständig, obwohl sie nichts in ihrem Leben selbst entscheiden konnten, außer vielleicht die Farbe ihres Lippenstifts und auch den nur, wenn ein Freier nicht etwas anderes wünschte. Und Freier hatten seltsame Wünsche. Manche waren harmlos, andere wiederum bewegten sich am Rande der Legalität und insbesondere dieser eine weit darüber hinaus.

»Deine Vorgängerin hat einen Tag nach seinem Besuch die Insel verlassen. Er hatte ihr das Gleiche wie dir angetan.«

Ivonka lüpfte den Morgenmantel am Rücken, um kühle Luft an die Verletzungen zu lassen.

»Ich werde das Schwein anzeigen!«

»Überlegs dir, Schätzchen, das gibt nur Ärger! Wir alle werden aussagen, dass es einvernehmlich war.«

»Was? Du auch? Du hast mich doch schreien gehört, oder? Du musst mich schreien gehört haben!«

Peggy schüttelte beschämt den Kopf.

»Ich habe euch gehört, ja, aber ich kann nicht sagen, ob ihr das so ausgemacht habt.«

»Du denkst, ich habe dem hier zugestimmt!«

Sie stand auf und ließ den Morgenmantel fallen, sodass Peggy ihren Rücken sehen konnte.

Peggy erschrak. Er musste diesmal völlig von Sinnen gewesen sein. Unwillkürlich war sie erleichtert, dass sie nicht in sein Beuteschema passte. Sie war groß, brünett und hatte einige Rundungen, auf die sie stolz war und die ihre Freier an ihr schätzten. Sie hatte fast ausschließlich Stammkundschaft.

Beim Anblick von Ivonkas Rücken fiel es ihr schwer, der jungen Kollegin nicht beizustehen, aber so war das Geschäft nun mal.

»Ich würde ihn auch liebend gern dafür bezahlen sehen, aber er wird immer wieder davonkommen. Deswegen lässt er sich an Frauen wie uns aus und bezahlt Gerry ein Vermögen. Er liebt es, Frauen zu quälen. Er ist ein krankes Arschloch und ich weiß, er hätte es verdient, aber Gerry wird das nicht zulassen.«

»Er kann nichts machen, wenn ich zur Polizei gehe!«, schluchzte Ivonka und zog den Morgenmantel wieder an.

»Ja, aber die Polizei kann auch nichts machen, wenn wir alle aussagen, dass es eine ausgemachte Sache war.«

Ivonka sah sie flehend an, aber Peggy schüttelte stumm den Kopf.

»Sorry, Schätzchen, aber ich brauche den Job hier!«

»Was zahlt er Gerry dafür, dass er Frauen wie mich so zurichtet?«

»Mehrere Tausend.«

»Und ich kriege nur 200 von dem Schwein?«

»Das macht er immer so!«

»Und du hast es gewusst?«

Peggy fühlte sich schuldig und senkte den Blick.

»Ja!«

»Und du hast mich nicht gewarnt? Du bist genauso schlimm wie Gerry! Nein, noch schlimmer, du hast noch nicht mal Rückgrat!«

Ivonka stemmte die Hände in die Hüften und schrie sofort schmerzvoll auf.

»Er ist krank, er hat Spaß am Quälen. Ich werde ihn anzeigen!«

»Wie gesagt, überleg dir das lieber gut. Ich weiß nicht, was Gerry und er im Einzelnen vereinbart haben, aber vor drei Monaten hat er drei Frauen für ihn besorgt. Keine von denen sprach deutsch und ich habe ihnen angesehen, dass sie noch nie zuvor anschaffen waren. Die waren absolute Neulinge.«

Peggy nahm einen Schluck des erkalteten Kaffees.

»Aber was auch immer in der Nacht vor sich ging, es war keinesfalls normal!«

Peggys senkte ihre Stimme.

»Er hat seinen Sohn dabeigehabt, jedenfalls glaube ich, es war sein Sohn. Sie waren betrunken und er hat die drei Frauen nacheinander ins Zimmer gerufen. Keine von ihnen hat auch nur eine vage Andeutung darüber gemacht, was in dem Zimmer vorgefallen ist, aber es war seltsam. Am nächsten Tag ist ein Kleinbus mit irgendeinem ausländischen Kennzeichen gekommen und hat alle drei wieder abgeholt. Wir durften keinen Kontakt zu ihnen haben. Gerry hat sie von uns abgeschottet.«

Peggy schlug die Beine übereinander und grinste verlegen.

»Aber was ist schon normal in unserem Beruf?«

»Ich dachte, wir Frauen halten zusammen?«

Peggy schürzte nur trocken die Lippen und zuckte mit den Schultern.

Ohne den Blick von ihr zu wenden, stand Ivonka auf.

»Ich werde ihn anzeigen!«

Damit verließ die Küche. Sie drehte sich nicht noch einmal zu ihrer Kollegin um.

Peggy saß noch eine Weile still da, schenkte sich einen heißen Kaffee ein und nahm einen großen Schluck. Sie verbrannte sich die Zunge und genau diesen Schmerz hatte sie gewollt.

Sie würde Gerry davon erzählen müssen. In ihrem Milieu redete man nicht mit der Polizei, schon gar nicht freiwillig.

Kapitel 10

Ich habe dir doch gesagt, dass du keine Frau für ihn finden wirst. Da kannst du noch so viel Geld haben, den nimmt keine!«

Hinnerk Thomsens dumpfe Stimme polterte durch das Haus.

Seit geraumer Zeit versuchte seine Frau vergeblich, Henning zu verkuppeln.

»Du denkst, es geht immer nur um Geld!«

Martha Thomsen winkte ab.

»Seit damals interessiert sich Henning überhaupt nicht mehr für Frauen!«

Als Mutter wollte sie nur das Beste für ihren Sohn. Er hatte schon genug gelitten.

»Pah, Interesse setzt Gehirn voraus, das fehlt dem ja wohl offensichtlich!«

Hinnerk Thomsen spuckte den Satz förmlich aus.

»Du hast noch nie Ahnung von der Liebe gehabt!«

Martha Thomsen war beinahe vierzig Jahre mit ihm verheiratet und konnte sich an keinen einzigen liebevollen Moment erinnern.

Sie war in Langenhorn großgeworden und hatte von dem Zeitgeist der siebziger Jahre nichts mitbekommen. Auf dem platten Land in Nordfriesland war nichts von der Flowerpower-Bewegung angekommen.

Sie hätte Hinnerk nicht freiwillig zum Ehemann genommen, aber ihr Vater hatte seinen Vater gekannt und sie wie ein Stück Vieh an die Thomsens verkauft.

In einem Fischereibetrieb würde es für sie rechtschaffene Arbeit und die Aussicht auf eine gute Versorgung geben. Sie sei im heiratsfähigen Alter und eine Belastung für seinen Geldbeutel, hatte er ihr emotionslos mitgeteilt.

Sie hatte Hinnerk nur ein paar Mal gesehen, war mit ihren Eltern zu einem Vorstellungsgespräch bei seiner Familie angetreten und dann war geheiratet worden.

Bevor Martha auch nur den Hauch einer Chance gehabt hatte, sich selbst einen Platz im Leben zu suchen, hatte sie von morgens bis abends im Fischereibetrieb gearbeitet und war in den Augen ihrer Schwiegereltern nichts anderes als eine Dienstmagd gewesen.

Erst als sie Henning, den Stammhalter, geboren hatte, war sie in der Hierarchie aufgestiegen und hatte vorwiegend im Büro arbeiten dürfen.

Hennings Geburt war kompliziert gewesen und die Ärzte hatten ihr dringend von einer weiteren Schwangerschaft abgeraten.

Der einzige Kommentar ihrer Schwiegermutter war verletzend gewesen:

»Hätten wir das mal gewusst, bevor du unseren Hinnerk geheiratet hast! Du kannst von Glück sagen, dass du n Jungen gekriegt hast!«

Martha war durch die Hölle gegangen, hatte geschrubbt, geputzt und in der Fischhalle gestanden.

Als sie an das Sterbebett ihrer Schwiegermutter getreten war, hatte sie die alte Frau angelächelt und ihr zugeraunt:

»Ich freue mich, dass du stirbst!«

In diesem Moment hatten sich zwei eiskalte Augenpaare getroffen und keine der beiden Frauen hatte etwas anderes als Hass für die andere empfunden.

Einzig ihre bedingungslose Liebe zu Henning hatte sie all die Jahre auf der Insel bleiben lassen. Sie war fest entschlossen gewesen, ihn zu einem liebevollen und empathischen jungen Mann zu erziehen.

Wie ein Wachhund hatte sie ihn vor den rabiaten Erziehungsmaßnahmen seines Vaters und Großvaters geschützt. Er war ihr all die Jahre der einzige Halt in dieser kaltherzigen Familie gewesen und daran hatte sich bis heute nichts geändert. Trotz oder gerade wegen der Ereignisse von vor knapp zwanzig Jahren war Henning der einzige Mensch, den sie liebte und von dem sie geliebt wurde. Dennoch machte sie sich Sorgen. Henning war erst vierzig und brauchte eine Frau an seiner Seite. Aber er sträubte sich. In Gegenwart von in Frage kommenden Frauen benahm er sich wie ein Irrer. Er schielte mit dem gesunden Auge, sabberte und wiegte den Kopf hin und her. Martha musste sich manchmal das Lachen verkneifen. Sie ließ sich, im Gegensatz zu Hinnerk, nicht täuschen.

»Wir werden einfach eine aus dem Ostblock kaufen. Die nehmen ihn mit seiner Mitgift mit Kusshand.«, hatte er immer wieder gesagt.

Für Hinnerk Thomsen ging es ausschließlich um den Nachwuchs. Er wollte sein Geschäft in der Familie belassen, um jeden Preis.

Für ihn war sein Sohn ein Krüppel, geistig und körperlich. Er hatte nicht das Zeug dazu, das Geschäft weiterzuführen. Er war nur noch zum Fischeausnehmen zu gebrauchen.

Hinnerk hatte, ohne seine Frau einzuweihen, mit Gerry Rebers gesprochen und die Sache durchgezogen.

Er wollte keine Hure für seinen Sohn, sondern eine Frau aus armen Verhältnissen, die Arbeit nicht scheute. Sie sollte weder hübsch noch intelligent sein. Das war sogar eher hinderlich und würde nur zu Schwierigkeiten führen.

Gebärfreudig, fleißig und dankbar, hatte er Gerry gesagt. Schließlich würde sie aus der Gosse irgendwo in Belarus, Moldawien, Rumänien oder der Ukraine geholt werden! Da konnte er wohl Dankbarkeit und Respekt erwarten.

Aber das Wichtigste war, sie musste ihm einen Enkelsohn vorweisen.

Natürlich hatte er sich bereits bei seinem Anwalt informiert. Wenn sein Plan aufging, musste unbedingt ein Ehevertrag geschlossen werden. Nichts würde er dem Zufall überlassen!

Seine Frau würde dazu nur noch abnicken können. Was hatte sie für eine Wahl?

Er hatte das Sagen, ihm gehörte das Geschäft und es war sein Sohn!

Gerry Rebers hatte gutes Geld daran verdient, geeignete Frauen aus dem Ostblock aufzutreiben.

Jeder zivilisierte Mensch hätte seinen Plan für moralisch verwerflich gehalten, aber was interessierte einen Hinnerk Thomsen die Moral?

Hier ging es um seinen Nachwuchs, auf den er als Familienoberhaupt ein Recht hatte. Wozu hatte er sich die letzten vierzig Jahre abgerackert?

Was war der Reichtum in seinem Alter schon wert, wenn er nicht in der Familie weitergegeben werden konnte?

Obwohl er sich gestern abreagiert hatte, fühlte er, dass die Rachegelüste schon wieder an die Oberfläche drängten.

Er musste Gerry anrufen. Er war noch nicht fertig mit dem Luder von letzter Nacht.

Kapitel 11

»Und wie war dein Undercovereinsatz, Chef?«

Klemme hatte bereits Kaffee aufgesetzt, als Bente die Dienststelle betrat. Ulrike begrüßte ihn schwanzwedelnd und legte sich auf ihre Decke unter Bentes Schreibtisch.

»Eine Nacht in der Natur kann ich nur jedem empfehlen.«, grinste Bente.

Sie war früh aufgewacht und eine Runde mit Ulrike durch die Dünen spazieren gegangen. Dann hatte sie den Motor gestartet und war die paar Kilometer nachhause gefahren. Dort hatte sie geduscht und ein Müsli gefrühstückt.

Das hatte zwar wenig mit Camping zu tun, aber das musste sie ja niemandem verraten.

»Brodersen, Erfolg gehabt?«, erkundigte sich Heike, als sie strahlend und voller Enthusiasmus zur Tür hereinkam.

»Die Nacht war ruhig. Was ist mit den Kollegen vom Streifendienst, haben die was?«

»Nichts! Aber zumindest war die Nacht ruhig, wir haben bisher keine Einbrüche gemeldet bekommen.«, antwortete Klemme.

»Haben wir über die Frau aus der Nordsee was reingekriegt?«, fragte Bente.

Klemme schüttelte den Kopf.

Ohne einen Hinweis darauf, wer sie war oder woher sie kam, würden die Ermittlungen im Sande verlaufen.

Für Bente war das inakzeptabel. Ein Mörder durfte nicht einfach so davonkommen.

»Ich habe gestern Abend nachgedacht!«, sagte sie in die Runde.

»Ich hoffe, du hast dir nicht wehgetan, Brodersen!«

Heike grinste übers ganze Gesicht.

Niemand sonst durfte solche Witze machen. Sie hatte bei Bente einen Stein im Brett. Zum einen war sie eine hervorragende Polizistin, zum anderen war sie in dem gleichen Alter wie Anka.

»Ich hoffe, du wirst die Retourkutsche vertragen!«, konterte Bente trocken.

»Also noch mal von vorn! Ich habe mir überlegt, dass der Mörder nur dann die Hände abtrennt, wenn die Fingerabdrücke uns zu der Identität der Frau führen würden. Das bedeutet, dass diese Frau bei der Polizei bekannt sein muss! Wir müssen ihre Fingerabdrücke im System haben, sonst macht das keinen Sinn!«

Heike nickte eifrig und Klemme sah seine Chefin bewundernd an.

»Das stützt zumindest deine Theorie mit dem Rotlichtmilieu. Dort gibt es massenweise gespeicherte Fingerabdrücke.«, bemerkte Heike.

Bentes Handy klingelte und zeigte einen Videoanruf von Flackner an.

»Flackner, du hast ganz sicher aufschlussreiche Neuigkeiten für uns!«, begrüßte sie ihn.

»Guten Morgen, geht es dir gut? Danke der Nachfrage, nein, ich habe nur zwei Stunden geschlafen, aber für dich mach ich das gern! Hast du schon mal was von höflicher Gesprächsführung gehört?«, brummte er und sah in die Kamera seines Handys.

»Na, wie solls dir schon gehen? Du suchst dein Essen unter dem Leichentuch!«

Bente legte eine gehörige Portion Sarkasmus in ihre Stimme.

Flackner überlegte kurz und nickte dann.

»Stimmt, ich kann nicht klagen!«

Warum nur hatte er so viel Freude an Leichen?

»Ich habe tatsächlich etwas Interessantes herausgefunden.«

Er schwenkte die Handykamera zu dem stählernen Obduktionstisch.

»Unsere Wasserleiche war im Zersetzungsprozess bereits so weit fortgeschritten, dass ich die Haut beinahe abziehen konnte.«

Er machte eine Bewegung, als ob er sich einen Handschuh abstreifen würde.

Heike hoffte, dass er zum Punkt kommen würde. Sie zwang sich, wegzusehen und nur die Ohren offenzuhalten.

»Den Todeszeitpunkt bei Wasserleichen zu bestimmen, ist immer eine Herausforderung und selten so genau wie bei einer Landleiche!«

Flackner begann sein Referat und Bente hoffte inständig, dass er nicht wieder nebenbei zur Stulle greifen würde.

»Anhand der Madenbildung im Wasser lässt sich der Zeitpunkt einigermaßen berechnen, aber diese Leiche enthielt leider nicht genug von diesen kleinen Tierchen. Schade eigentlich!«

»Flackner, willst du uns Horrorträume bescheren?«, mahnte Bente mit einem Blick zu Heike.

Er rollte theatralisch mit den Augen.

»Jedenfalls konnte ich auf der Haut unter dem Mikro einen, für das bloße Auge unsichtbaren, Bewuchs von Muscheln und Seepocken feststellen.«

»Das kenne ich vom Boot, deswegen muss Antifouling auf das Unterwasserschiff!«, meldete sich Timme zu Wort, verstummte aber sofort, als er Bentes versteinerte Miene wahrnahm.

Flackner nickte Timme zu.

»Das ist vom Prinzip her ähnlich. Wir haben jedenfalls das Entwicklungsstadium der Seepocken bestimmt.«

Bente runzelte die Stirn.

»Du weißt also, wie schnell oder langsam diese Muscheln oder Pocken wachsen?«

»Nö, aber ich weiß, wen ich fragen muss!«

Flackner schwieg und Bente stieg in das Spiel ein. Nach einer gefühlten Ewigkeit gab sie auf. Dies war kein Spiel und sie wollte einen Mörder fassen. Sollte Flackner sich doch freuen!

»Das ist ja toll! Wen hast du denn gefragt?«.

»Einer meiner Cousins ist Seehundjäger auf Norderney. Er konnte mir Vergleichsdaten von verendeten, angespülten Robben geben.«

Bente staunte, mit welcher Akribie Flackner in seinem Job vorging.

»Jedenfalls trieb diese Leiche...«, wieder schwenkte er mit der Kamera auf den Tisch mit dem Leichnam, »...ungefähr zwanzig Tage in der Nordsee!«

»Wow! So genau lässt sich das bestimmen?«

Bentes Respekt war spontan und aufrichtig.

»Ja, ich bin Pathologe und mache meine Arbeit!«

Damit legte er auf.

Bente klatschte einmal in die Hände.

»Okay, das bedeutet für uns, wir konzentrieren uns auf diesen Zeitraum. Wäre doch gelacht, wenn wir die Identität dieser Frau nicht herausfinden! Drei Wochen passt ziemlich genau zu der Abreise dieser Tatjana Tren...., wie hieß die noch gleich?«

Heike blätterte in einer Akte.

»Trenkowitsch, Tatjana Trenkowitsch. Die Kollegen in Hamburg haben sich noch nicht zurückgemeldet, was bedeutet, dass sie die Frau noch nicht angetroffen haben.«

Bente nickte nachdenklich.

»Klemme, du klemmst dich nochmal....«

Lachend unterbrach sie sich.

Klemmes Gesichtsausdruck verriet, dass der Witz einen Bart bis Jerusalem hatte.

»Ha, ha, den hab ich ja noch nie gehört!«

»Sorry, du fragst nochmal bei den Fischern nach und holst dir von den Hafenmeistern aus Hörnum, List, Rantum und Munkmarsch die Hafenbücher für den Zeitraum. Vielleicht fällt uns etwas auf!«

»Bin schon dabei!«, nickte Klemme und setzte sich ans Telefon.

»Timme, du fragst alle Hotels, Ferienwohnungen und Zimmer an, ob in diesem Zeitraum irgendjemand frühzeitig oder sogar ohne Auschecken abgereist ist.«

»Ja, Chef!«

Grübelnd kratzte Bente sich am Kinn.

»Und, Timme, check auch das Fundbüro, ob etwas, das unserer Leiche gehört haben könnte, abgegeben wurde. Mit Glück finden wir was und wenn es auch nur eine winzige Kleinigkeit ist.«

Die Tür ging auf und ein Kollege der Wache kam herein.

»Äh, moin, hier ist jemand, den Sie sich besser anhören sollten!«

Bente blickte ihn fragend an.

»Worum gehts?«

»Vergewaltigung und Körperverletzung. Sie arbeitet allerdings im Nachtclub....«

Bente unterbrach ihn barsch.

»Was soll das heißen, allerdings? Setzen Sie voraus, dass eine Prostituierte nicht das Opfer einer Vergewaltigung sein kann?«

»Na ja, ich meine, das ist ja ihr Job, oder nicht?«

Das Grinsen im Gesicht des Beamten gefror, als er in Bentes Augen sah.

»Nein, ich meine... ich wollte nur sagen, dass das schwer zu bewei...«

Er unterbrach sein Stammeln.

»Sorry, Frau Hauptkommissarin, das war blöd von mir!«, entschuldigte er sich und blickte mit rotem Kopf zu Boden.

»Sie sagte auch irgendwas von drei verschwundenen Frauen. Ich werde da nicht schlau draus. Ihr Akzent ist osteuropäisch. Aber ich dachte, es könnte vielleicht mit der Wasserleiche in Verbindung…«

Er brach ab. Bentes Blick ließ ihn frösteln.

»Letzteres war gut mitgedacht von Ihnen, aber überdenken Sie gefälligst Ihr Frauenbild!«

Sie beherrschte sich mühsam und signalisierte ihm, die Frau hereinzuführen.

Die zierliche Frau, die kurz darauf den Container betrat, wirkte eingeschüchtert, unsicher und hatte eine aufgeplatzte Lippe. Sie zog einen abgewetzten Rollkoffer hinter sich her.

Bente sprang auf und ging ihr entgegen. Sie würde mit der Frau in dem Besprechungsraum reden.

Vergewaltigungsopfer wollten nicht im Beisein von Männern ihre Anzeige aufgeben.

Sie wies Heike an, für alle Fälle eine Notärztin zu rufen und dann nachzukommen.

»Mein Name ist Bente Brodersen, Hauptkommissarin Brodersen. Wie heißen Sie?«

»Ivonka Poroschenko.«

Sie folgte Bente, setzte sich schließlich wortlos an den Tisch und sah unschlüssig zu Boden.

Nervös biss sie an ihren Fingernägeln.

Die Frau zu drängen, würde nichts bringen, das wusste Bente, also wartete sie einfach ab.

»Ich sollte eigentlich nicht hier sein!«

Bente fiel sofort der starke, osteuropäische Akzent auf.

»Das sehe ich ganz anders! Offensichtlich ist Ihnen…«

Bente suchte nach unverfänglichen Worten. Sie wollte nicht von Vergewaltigung sprechen, bevor die Frau es nicht ausgesprochen hatte.

»...wehgetan worden. Da sollten Sie in jedem Fall hier sein.«

»Peggy sagt, ich werde es bereuen.«

»Wer ist Peggy?«

»Egal.«

Leise und ohne zu stören, kam Heike herein und brachte eine heiße Tasse Tee und Kaffee mit, die sie beide vor Ivonka abstellte.

»Ich wusste nicht, ob sie Tee- oder Kaffeetrinkerin sind.«, lächelte sie schüchtern.

Ivonka sah nicht auf.

»Ich möchte eine Anzeige machen!«

Bente nickte und richtete das Diktaphon auf dem Tisch auf Ivonka Poroschenko, die daraufhin verunsichert auf ihrem Stuhl hin und her rutschte.

»Erzählen Sie, Frau Poroschenko.«, bat Bente mit sanfter Stimme.

»Es ist eine abgekartete Sache gewesen. Er hat viel Geld an Gerry gezahlt, um mich zu quälen.«

Bente kochte jetzt schon innerlich. Sie würde dem Täter die Hölle heiß machen, so viel stand schon mal fest.

»Ist Gerry der Nachtclubbesitzer?«

Ivonka nickt stumm und biss wieder an ihren Fingernägeln.

»Peggy hat gesagt, er kommt öfter, nur um Frauen wie mich zu vergewaltigen und zu schlagen!«

»Sind Sie vergewaltigt worden, Frau Poroschenko?«

Angstvoll und beschämt starrte sie die Kommissarin an. Zögernd nickte sie.

»Das Nicken kann das Aufnahmegerät nicht hören. Um Ihre Aussage festzuhalten, müssen Sie auf meine Frage mit ja oder nein antworten. Also noch einmal die Frage: Sind sie vergewaltigt worden?«

Bente sah die verängstigte Frau flehend an.

»Ja!«, antwortete Ivonka Poroschenko mit unvermutet fester Stimme.

»Wer hat das getan?«

»Er ist ein älterer Mann, groß und stark und brutal! Peggy sagt, er bezahlt Gerry dafür, dass er ihm Frauen ranschafft, die er misshandeln kann!«

Bente hatte Fragen über Fragen, aber sie musste sich in Geduld üben. Frau Poroschenko brauchte Zeit. Von einer Vergewaltigung zu erzählen, war für oft eine erniedrigende Angelegenheit. Das war irrational und falsch, aber so ging es den meisten Opfern. Viele Frauen sprachen aus Scham und Angst vor Verleumdung gar nicht darüber. Die Dunkelziffer war höher als bei allen anderen Verbrechen.

»Ich bin erst vorgestern Abend angekommen und Gerry hat mir gesagt, dass er für mich einen speziellen Kunden für die vergangene Nacht hat. Auf meine Frage, was denn speziell sei, hat er die Summe genannt, zweihundert Euro für eine Stunde. Da hab ich nicht weiter nachgefragt. Der Alte hat anfangs nur verprügelt. Er war rasend vor Wut und hat sich an mir abreagiert wie an einem Boxsack. Dann hat er mich gefesselt und vergewaltigt. Ich habe die ganze Zeit um Hilfe geschrien, aber das hat ihn nur noch angestachelt und niemand ist gekommen. Bevor er ging, hat er mir ins Gesicht gespuckt! Und Gerry besorgt diesem Kunden immer kleine, blonde Frauen wie mich!«

Ivonka Poroschenko brach schluchzend zusammen.

Bente erkannte aus den Augenwinkeln, dass sich auch Heikes Augen in Tränen schwammen.

Als Ivonka Poroschenko sich wieder etwas gefangen hatte, berichtete sie den beiden Polizistinnen, dass Peggy ihr von den drei Frauen erzählt hatte, die vor drei Wochen für nur eine Nacht im Club gewesen und am nächsten Morgen sofort wieder abgereist waren. Gerry hatte sie für diesen speziellen Freier geholt, aber keine war klein und blond gewesen.

Bentes Alarmglocken läuteten sofort. Der Zeitraum passte perfekt! Es war ihre erste Spur.

»Wissen Sie, wie der Mann heißt?«

Erwartungsgemäß schüttelte die Frau den Kopf.

In einem solchen Etablissement war Diskretion oberstes Gebot. Freier stellten sich nicht mit Namen vor, schon gar nicht einer, der offensichtlich viel Geld dafür bezahlte, wehrlose Frauen vergewaltigen zu können.

Bente erstellte in Gedanken ein Täterprofil.

Die Tatsache, dass er sie nach der Vergewaltigung und Misshandlung bespuckt hatte, zeugte von tiefster Verachtung.

Der Täter war männlich, um die sechzig und kräftig genug, eine junge Frau zu verprügeln. Sein Hass auf Frauen war ungezügelt und würde bei einer Anklage sicher für ein psychologisches Gutachten sorgen. Es war zum Kotzen!

Solche Menschen lebten meist unerkannt in der Nachbarschaft, hatten Familie, waren angesehene Mitglieder der Gesellschaft oder engagierten sich im Ehrenamt.

Bente wusste, dass solche Männer nur einen kleinen Funken benötigten, um sie zum Mörder werden zu lassen. Nämlich dann, wenn die Genugtuung durch die Vergewaltigung und Misshandlung nicht mehr ausreichte, um die Wut zu stillen.

Konnte dieser Mann mit ihrer Wasserleiche in Zusammenhang gebracht werden? Die Frau war zwar klein und blond, aber viel älter.

Durch das Fenster sah Bente den Notarztwagen auf den Parkplatz fahren.

Sie stand auf und legte Ivonka Poroschenko tröstend eine Hand auf die Schulter, was mit einem schmerzvollen Aufschrei quittiert wurde.

»Verzeihung!«, entschuldigte Bente sich. Offenbar war der ganze Körper dieser jungen Frau von Verletzungen übersät. Und das war nur der sichtbare Teil.

»Wir haben eine Ärztin gerufen. Möchten Sie von ihr untersucht und behandelt werden?«

Die Frau nickte ergeben.

»Dann werden Sie ins Krankenhaus gefahren. Dort können Sie bleiben, bis Sie wissen, wohin Sie gehen wollen. Haben Sie jemanden benachrichtigt? Familie oder Freunde?«

»Nein! Und ich habe kein Geld für einen Krankenhausaufenthalt!«

»Keine Sorge, das müssen Sie nicht bezahlen!«

Die Notärztin trat in das Besprechungszimmer, stellte sich vor und prüfte den Puls der Patientin.

Bente suchte ihren Blick.

»Können Sie Frau Poroschenko mindestens für eine Nacht im Krankenhaus behalten?«

Die Ärztin nickte.

»Wir werden sie verarzten.«, raunte sie Bente zu.

Mit einem Stöhnen erhob Ivonka Poroschenko sich und folgte der Ärztin. An der Tür drehte sie sich noch einmal zu Bente um.

»Ich habe Angst, aber ich musste herkommen, damit dieses Schwein keiner weiteren Frau das antun kann, was er mit mir gemacht hat!«

»Danke!«, antwortete Bente und sah ihr tief in die Augen. Für einen Moment waren sie nicht Prostituierte und Hauptkommissarin, sondern einfach nur Frauen, das schwache Geschlecht. Sie lasen in dem Blick der anderen, dass sie sich nicht damit abfinden würden. Sie würden für Respekt und Anerkennung kämpfen, jede in ihrem Beruf.

Ivonka Poroschenko lächelte und verließ den Besprechungsraum.

Bentes Tatendrang ließ sich nicht länger bremsen. Sie würde diesen Mann zur Rechenschaft ziehen!

»Heike, wollen wir diesem Nachtclub einen Besuch abstatten?«

»Aber sowas von!«

Bente pfiff nach Ulrike und gemeinsam verließen sie die Dienststelle.

Kapitel 12

Der Nachtclub warb an der Häuserfront mit der Silhouette zweier nackter Frauen, die sich an einer Stange rekelten.

Die ehemaligen Schaufensterscheiben waren abgeklebt und in den beiden oberen Etagen befanden sich zahlreiche Fenster mit unterschiedlichsten Dekorationen. Dahinter lebte jeweils eine der Frauen, die hier arbeiteten.

Bente sah an der Fassade empor und fragte sich, wie diese Frauen es mental bewerkstelligten, ihren nächtlichen Arbeitsplatz tagsüber in eine Wohnstube zu verwandeln und sich zuhause zu fühlen. Konnte das funktionieren?

»Du kennst diesen Gerry?«

Heike nickte.

»Ich bin ihm bei der letzten Razzia begegnet. Gerry Rebers. Ein Zuhälter wie aus dem Bilderbuch, braungebrannt, weißer Anzug, viel Goldschmuck und gegelte Haare. Laut Perso siebenundvierzig, aber hat sich gut gehalten oder was machen lassen. Auf jeden Fall aalglatt!«

Bente rollte mit den Augen. Warum mussten manche Menschen einfach haargenau ins Klischee passen?

Sie klingelte an allen drei Türklingeln gleichzeitig und klopfte dazu energisch an die Tür.

Nichts regte sich im Innern des Hauses und Bente legte grinsend drei Finger auf die Klingelknöpfe. Das schrille Dauerläuten führte dazu, dass ein Fenster im Obergeschoss geöffnet wurde. Eine Frau mit Lockenwicklern und Zigarette im Mundwinkel sah zu ihnen herunter.

»Wir haben geschlossen!«

»Polizei, wir müssen mit Ihnen sprechen!«

»Mit mir?«

»Sind Sie Peggy?«

»Nee!«

»Dann möchten wir mit Peggy sprechen!«

Bente hielt demonstrativ ihren Dienstausweis in die Höhe.

Die Frau drehte ihren Kopf Richtung Zimmer und schrie nach Peggy. Dann beugte sie sich wieder über die Fensterbrüstung und steckte sich mit der Glut ihrer Zigarette eine weitere an.

Es vergingen zwei Minuten.

»Die lassen uns doch absichtlich hier versauern!«, grummelte Heike.

Bente nickte grinsend.

»Keine Sorge, wir drehen den Spieß noch um.«

Eine dunkelhaarige Frau in den Dreißigern erschien neben der Frau am Fenster und rief hinunter.

»Ja?«

»Sind Sie Peggy?«

»Wer will das wissen, he?«

»Kriminalpolizei, würden Sie uns bitte reinlassen?«

»Muss ich das?«

»Wenn Sie nicht möchten, dass hier jeder zuhört?«

Bente wies mit der Hand auf einige Passanten, die neugierig das Geschehen verfolgten.

»Von mir aus kann ruhig jeder zuhören, ich hab ja nichts zu verbergen!«

Bente reichte es. Sie wusste, dass Leute aus dem Milieu nicht freiwillig mit der Polizei redeten.

»Sie möchten uns also nicht hereinlassen?«

»Korrekt!«, rief die Frau und grinste einer Gruppe Rentner zu, die offenbar einen Tagesausflug unter Kegelfreunden machten und anzügliche Bemerkungen von sich gaben. Gut Holz, dachte Bente angeekelt.

»Kein Problem. Ich fahre jetzt zurück in die Dienststelle, lasse für die nächsten Nächte einen Streifenwagen vor Ihrer Tür parken und komme mit Kollegen vom Ordnungsamt, Gesundheitsamt und Gewerbeamt wieder. Schönen Tag noch!«

Damit drehte Bente sich um und ging weg. Heike folgte ihr grinsend.

»Drei..., zwei...,«, raunte sie Bente zu.

»Halt! Das ist Erpressung!«

»Dann rufen Sie doch die Polizei!«, konterte Bente trocken und setzte ihren Weg fort.

Hinter sich hörte sie die Eingangstür aufgehen. Sie wandte sich um und ignorierte den Applaus der Umstehenden, als sie mit Heike den Nachtclub betrat.

»Geht doch!«, sagte Heike und grinste frech.

Ein kleiner Flur führte zu einer Treppe, doch ehe Bente die erste Stufe betrat, versperrte Peggy ihr den Weg. Sie stellte sich auf die unterste Stufe und lehnte sich ans Treppengeländer.

»Sie wollen mich sprechen?«

»Nicht nur Sie, aber wir machen mit Ihnen den Anfang.«

Heike schlug die Akte auf, die sie mitgenommen hatte. Darin befanden sich die Unterlagen der letzten Razzia.

»Ah, hier.... ich kann mich erinnern. Sie heißen Schaunen, richtig?«

Peggys Augen verengten sich zu kleinen Sehschlitzen. Argwöhnisch musterte sie Heike. Die offen zur Schau gestellte Feindseligkeit war erschreckend.

»Ist das ein Verbrechen?«, antwortete sie provokant.

Bente kochte innerlich, riss sich aber zusammen.

»Kennen Sie Ivonka Poroschenko?«

»Ich kenne eine Ivonka. Wir interessieren uns hier nicht für Nachnamen.«

»Haben Sie sie heute Morgen gesehen?«

»Weiß nicht genau, war ne lange Nacht und ich bin morgens nicht so ganz auf der Höhe.«

»Sie gibt an, gestern Nacht hier im Club vergewaltigt und misshandelt worden zu sein.«

»Was weiß ich, was die mit ihrem Freier ausgehandelt hat. Jeder hat so seine Vorlieben, da denkt man sich nichts, wenn mal was zu hören ist!«

Bente atmete tief ein und aus.

»Sie haben also etwas gehört?«

Sofort erkannte Peggy ihren Fehler.

»Man hört hier jede Nacht allerhand, mehr habe ich damit nicht gesagt!«

»Und was genau haben Sie gehört?«

»Kann ich nicht sagen, ich war ja mit meinem Freier beschäftigt! Es ging einfach etwas lauter zur Sache bei ihr!«

»*Etwas lauter* klingt sehr harmlos für brutal vergewaltigt und krankenhausreif geprügelt!«, erwiderte Bente eiskalt.

Sie bemerkte Peggys kurzes Zögern.

»Was wissen Sie über die drei Frauen, die vor drei Wochen für nur eine Nacht hier waren?«

»Ich weiß nichts von drei Frauen!«

Ihre Antworten waren zwar gelogen und respektlos, aber Bente war klar, dass oben an der Treppe alle Frauen und vielleicht sogar dieser Gerry Rebers standen und zuhörten.

Peggy musste sich so zickig präsentieren, weil sie vor ihren Kolleginnen und dem Chef eine gute Figur im Umgang mit der Polizei machen musste.

Bente sah Peggy ein paar Sekunden tief in die Augen, um zu erkennen, ob da ein Funke Mitgefühl war.

Langsam nahm sie den Blick von ihr und sah demonstrativ nach oben. Peggy folgte ihrem Blick.

»Was, wenn der Kerl seinen Hass an dunkelhaarigen Mittdreißigern ausleben würde?«, raunte sie ihr leise ins Ohr, sodass oben an der Treppe nichts zu hören sein konnte.

Peggy schwieg und sah sie vielsagend an. Sie atmete schwer und seufzte kurz auf, doch dann kehrte die knallharte Realität des Milieus zurück in ihre Mimik.

»Ich weiß überhaupt nicht, wovon Sie sprechen«, reagierte sie schroff.

»Kennen Sie den Mann, der gestern bei Ivonka im Zimmer war?«

»Nein!«

»Haben Sie ihn schon mal hier gesehen?«

»Ich kann mich nicht erinnern!«

»Weil er kein Freier von Ihnen ist, sondern kleine, blonde Frauen bevorzugt?«

Peggy nickte stumm, sagte aber mit einem Blick nach oben:

»Davon weiß ich nichts!«

Zumindest etwas wollte sie der Kommissarin mitteilen. Bente hatte das Gefühl, dass sie ohne Zeugen vielleicht reden würde und behielt den Gedanken im Hinterkopf.

»Wir möchten jetzt mit allen Frauen, die hier arbeiten, sprechen.«

»Wir sind hier nur Mieterinnen!«, erklärte Peggy wie auswendig gelernt.

»Dann möchten wir mit allen Mieterinnen sprechen.«

Bente ließ sich nicht aus der Ruhe bringen. Sturheit war eine ihrer herausragenden Eigenschaften.

Peggy wagte einen letzten Vorstoß.

»Haben Sie einen Durchsuchungsbeschluß?«

Bente sah sie erstaunt an und hob die Arme.

»Einen Durchsuchungsbeschluß, um mit ein paar Mieterinnen zu reden? Sie sind doch auch Mieterin, oder? Wenn überhaupt, könnte nur der Hauseigentümer oder Verwalter so etwas von mir verlangen!«

Bentes offenes und kaltes Grinsen ließ keinen Zweifel aufkommen, wer die Schlacht gerade für sich entschieden hatte, und Peggy gab zähneknirschend nach.

»Bitte, wenn es Ihnen Spaß macht!«

Sie trat beiseite, um die beiden Polizistinnen durchzulassen. In diesem Moment stieg ein Mann in weißem Anzug die Stufen hinunter. Er war die Reinkarnation des schlechten Geschmacks.

Gerry Rebers.

Überheblich grinsend kam er auf Bente und Heike zu. Mit einem kurzen Kopfnicken wies er Peggy an, zu verschwinden.

»Ah, eine neue Sherifflady ist in der Stadt!«

Sein Auftreten war schmierig, aber auch gefährlich kalt.

Bente ignorierte seine Bemerkung.

»Was kann ich für Sie tun? Sie suchen doch keinen Nebenjob, oder?«, feixte er angriffslustig.

»Herr Rebers, ich muss Sie darauf aufmerksam machen, dass es den Tatbestand der Beamtenbeleidigung gibt und Sie sich gerade auf dünnem Eis bewegen.«, bemerkte Heike.

Bente warf ihr einen anerkennenden Blick zu.

»Huhhhhh!«

Rebers wedelte mit beiden Händen. »Beamtenbeleidigung, was kann das bringen, ne Geldstrafe? Das würde ich mir mal gönnen!«

»Wir hätten gern Informationen zu einem Ihrer Kunden, der gestern Nacht hier war.«

Bentes Ton blieb sachlich.

»Selbst, wenn ich wollte, niemand meiner Gäste muss hier seinen Ausweis vorzeigen. Also kann ich da leider keine Auskunft geben. Ist das alles, oder kann ich sonst noch was für Sie tun?«

Bente wusste, wie sie diesen Lackaffen anfassen musste.

»Tja, das ist jammerschade. Dann müssen wir leider ermitteln!«

Er grinste sie an und nickte.

»Wir benötigen dafür Ihre Kreditkartenabrechnungen der letzten Wochen. Dann werden wir sämtliche Kunden persönlich aufsuchen, um sie zu befragen, ob ihnen ein älterer Herr in diesem Etablissement begegnet ist, der im Verdacht steht, eine ihrer Mieterinnen brutal vergewaltigt zu haben.«

Sein Blick wurde von einer auf die andere Sekunde eiskalt und gleichzeitig unsicher. Seine Selbstgefälligkeit begann zu bröckeln.

Mit Hochdruck arbeitete sein Gehirn daran, sich vorzustellen, welch Katastrophe das bedeuten würde. Für seine Kunden war Diskretion oberstes Gebot.

Bente spürte seinen Blick auf sich ruhen und wusste, dass er gerade abcheckte, ob sie diese Drohung wahr machen würde.

Sie ließ ihn schmoren. Er brauchte die Einnahmen, um Schutzgeld zu zahlen. Auch wenn niemand es zugab, die mafiösen Strukturen in diesem Gewerbe gab es nach wie vor. Noch mehr Probleme würde er mit seinesgleichen bekommen. Im Milieu ging so etwas herum wie ein Lauffeuer. Schwäche in jedweder Form konnte er sich nicht leisten. Ein Fingerzeig genügte, um ihm seine Lebensgrundlage zu nehmen.

Das alles ging Bente durch den Kopf, während sie wartete.

»Ich habe einflussreiche Freunde aus Wirtschaft und Politik hier auf der Insel«, presste er schließlich zwischen geschlossenen Lippen hervor. Es sollte wie eine Drohung klingen, war aber ein letzter Akt der Verzweiflung.

»Die Sie alle wie eine heiße Kartoffel fallen lassen, sobald Sie mit Ihnen und einem Mord öffentlich in Verbindung gebracht werden.«

»Mord? Was für ein Mord?«

Rebers Überraschung war echt.

Sie hatte ihn aus der Reserve gelockt.

»Das sind Ermittlungsgeheimnisse der Sheriffladies, Herr Rebers!«, antwortete sie süffisant und ballte innerlich die Faust.

»Ich wiederhole meine Frage noch einmal: wer war gestern Nacht der Kunde von Ivonka Poroschenko?«

Rebers schürzte entnervt die Lippen.

»Hinnerk Thomsen!«

Bente hörte Heikes leisen Aufschrei und sah in ihre ungläubig aufgerissenen Augen. Offenbar sagte ihr der Name etwas.

»Thomsens Fischimbisse!«, klärte ihre junge Kollegin sie auf.

Rebers nickte.

Die kannte Bente natürlich. Sie war mehr als einmal dort essen gewesen. Eigentlich immer, wenn sie ein schlechtes Gewissen wegen ihres Pizzakonsums überkam. Dann war Fisch die zweite Wahl. Sie wandte sich wieder an Rebers.

»Was hatte es mit den drei Frauen auf sich, die vor drei Wochen für nur eine Nacht hier waren? War Thomsen da auch der Spezialkunde?«

»Dazu kann ich nichts sagen. Die waren zum Testarbeiten hier und es hat halt nicht gepasst!«

Bente beugte sich etwas zu ihm vor und senkte ihre Stimme.

»Passen Sie mal auf, Gerry! Ich weiß genau, wie das hier läuft. Egal, was ich tue, Prostitution und einen Puff wird es hier auf Sylt immer geben, dagegen kann und will ich gar nichts machen. Was ich aber kann, ist, maßgeblich daran mitzuwirken, ob SIE diesen Laden leiten oder irgendein junger Wolf aus dem Milieu.«

Mit verschränkten Armen stellte sie sich vor ihn.

»Ihre Entscheidung! Leben und leben lassen!«

Gerry Rebers schluckte trocken.

Bente verzog keine Miene.

»Er war vor drei Wochen das erste Mal mit seinem Sohn hier. Undurchsichtiger Kerl, Glasauge, aber nicht unansehnlich. Leider behindert, hat nichts im Oberstübchen und kann nicht sprechen.«

Bente sah Heike an, die nickte.

»Ich habe davon gehört, dass Thomsen einen Sohn hat, der in Hörnum in der Fischhalle arbeitet und irgendwie behindert ist.«

Rebers ging zur Haustür. Für ihn war das Gespräch offenbar beendet. Bente zerstörte seine Hoffnung mit einem Blick.

»Moment! Wir sind noch nicht fertig! Warum die drei Frauen?«

»Er sucht eine Frau für seinen Sohn!«

»Hier?«

Rebers lachte, stockte aber sofort wieder, da weder die Kommissarin noch ihre Kollegin eine Miene verzogen.

»Er hat den Junior abgefüllt und die Frauen nacheinander ins Zimmer geholt. Was da gelaufen ist, interessiert mich nicht und geht mich auch nichts an!«

»Das geht Sie also nichts an? Wie bequem!«, mischte sich Heike ein.

»So ist es, Schwester!«

Er hob abwehrend die Hände.

»Wenn wir Thomsen die Vergewaltigung von Ivonka Poroschenko nachweisen können, dann sind Sie dran wegen Beihilfe!«

Bente knallte ihren Satz wie mit einem Vorschlaghammer heraus.

Rebers blinzelte nervös.

»Wo sind die Frauen jetzt?«

»Wieder in Rumänien!«

»Sind Sie sicher?«

»Natürlich!«

»Woher wissen Sie das?«

»Weil ich über Mittelsmänner mit denen in Kontakt stehe. Schließlich wird eine von denen Thomsens Enkelsohn zur Welt bringen.«

Kapitel 13

Im Augenblick des Todes würde das ganze Leben noch einmal wie ein Film vor den Augen abspulen.

Er fragte sich, wer diese Aussage jemals überprüft und an die Nachwelt weitergegeben hatte?

Unaufhaltsam wie die Flut spürte er seinen eigenen Tod herannahen. In Wellen des Schmerzes, die seinen Körper erzittern ließen. Er starb und es gab keine Chance, mit Gevatter Tod zu verhandeln. So kurz vor dem Ziel!

Ein eiskalter Griff umklammerte sein Herz, schnürte ihm die Luft zum Atmen ab und ließ ihn, trotz der sommerlichen Hitze, frieren.

Kurz flammte der Gedanke in ihm auf, dass er viel zu jung zum Sterben war.

Die Beine waren bereits taub und nur Sekunden später hatte er keine Kontrolle mehr über seinen Darm.

Verwundert sah er an sich herab. Seine Arme gehorchten ihm nicht mehr, aber den Geruch seiner Exkremente nahm er noch wahr.

Fünf Minuten später starrte ein totes Augenpaar auf die dunkle Nordsee, ohne die gewaltige Kraft und Schönheit dieses Naturelementes wahrzunehmen.

Kapitel 14

Ruf einen Kollegen von der Wache, der im Krankenhaus das Zimmer von Ivonka Poroschenko bewacht. Ich möchte nicht, dass sie Besuch bekommt!«

Heike nickte und griff nach ihrem Handy.

Bente saß hinterm Steuer ihres Bullis und fuhr die Norderstraße Richtung Krankenhaus aus Westerland heraus.

»Ich möchte sicherstellen, dass sie nicht unter Druck gesetzt wird und bei ihrer Aussage bleibt!«

»Glaubst du, Rebers würde sie in ihrem Krankenzimmer aufsuchen?«

»Rebers nicht, aber eines seiner Mädchen, die ihr in seinem Auftrag entweder Geld anbieten und sie von der Insel schicken oder ihr einfach nur drohen.«

»Oder beides!«

»Wahrscheinlich!«

Auf dem Klinikparkplatz ließ sie die Schiebetür wieder offen stehen, füllte Ulrikes Napf mit Wasser und befahl ihr, im Bus zu bleiben. Die Sonne würde das geschlossene Fahrzeug innerhalb weniger Minuten in einen Backofen verwandeln. In den Sommermonaten gab es immer wieder Fälle von verendeten Hunden auf den Parkplätzen. Manchmal wurde die Polizei gerufen, aber zum Glück war es jedem Bürger erlaubt, zur Rettung eines Hundes die Scheibe des Autos einzuschlagen. Bente hatte es noch kein einziges Mal erlebt, dass der Hundebesitzer diese Demolierung zur Anzeige gebracht hatte. Wäre auch erfolglos, dachte sie kopfschüttelnd. Der Hundebesitzer müsste eigentlich wegen Tierquälerei angezeigt werden, aber es gab immer noch Leute, die sich keine Gedanken über diese Todesfalle machten.

Im Krankenhaus wurden Bente und Heike vertröstet. Ivonka Poroschenko befand sich in einem Untersuchungsraum und wurde noch behandelt. Sie nutzten die Wartezeit für eine Gassirunde mit Ulrike durch die Dünen. Die Nordseeklinik lag direkt am Strand und zahlreiche Patienten genossen das strahlende Sommerwetter.

Während des Spaziergangs besprachen sie die weitere Vorgehensweise.

»Ich bin mir nicht sicher, wie wir es mit dem alten Thomsen richtig anstellen sollen!«, sagte Bente stirnrunzelnd.

»Was meinst du?«

»Ich würde ihn sofort zur Vernehmung auf die Dienststelle mitnehmen, für das, was er mit Ivonka Poroschenko gemacht hat, aber andererseits denke ich an unsere Wasserleiche. Was, wenn die Sache mit den drei Frauen aus dem Club damit zu tun hat? Ich will ihm nicht die Möglichkeit geben, irgendwas zu vertuschen.«

»Echt jetzt, Brodersen?«

Bente sah Heike überrascht an.

»Du wiegst die Verbrechen gegeneinander auf?«

»Nein, nein!«, verteidigte sie sich.

»Es ist nur so, dass er sich zur Zeit in Sicherheit wiegt und keinen Grund hat, argwöhnisch zu sein. Solange er selbstsicher und unvorbereitet ist, besteht die Chance, dass er einen Fehler macht.«

»So einen Fehler, wie Poroschenko zu vergewaltigen?«

Der Sarkasmus in Heikes Stimme war nicht zu überhören.

»Denkst du, ich bin auf dem Holzweg?«, hakte Bente nach.

»Ja, denke ich!«

Diese offenen Gespräche mit Heike waren für sie Neuland. Nie zuvor hatte sie sich von einem Kollegen Kritik angehört. Wer auch immer es in der Vergangenheit gewagt hatte, sie zu hinterfragen, war von ihr nach Strich und Faden zusammengefaltet worden. Nicht umsonst stand sie in dem Ruf, schwierig zu sein.

Heikes spontane und ungezwungene Art bewirkte etwas in ihr. War sie etwa kritikfähig geworden?

»Okay, zurück zu unserer Leiche. Die Frau hatte Krebs im Endstadium und war ungefähr vierzig Jahre alt. Sie war ganz sicher keine der drei Frauen, die Thomsen als Mutter für seinen Enkelsohn ausgewählt hat.«

Heike nickte.

»Das stimmt, aber ist es nicht ein bisschen zu viel Zufall, dass der Todeszeitpunkt und das Verschwinden dieser drei Frauen so gut zusammenpassen?«

»Ja, aber es passt auch zu dem Verschwinden von Tatjana Trenkowitsch. Alles spricht dafür, dass sie ebenfalls ein Vergewaltigungsopfer von Thomsen war. Wir kümmern uns jetzt erstmal um Ivonka Poroschenko und danach um Tatjana Trenkowitsch.«

»Unsere Wasserleiche ist aber nicht misshandelt worden und wurde ja auch mit diesem Blauen Eisenhut vergiftet, also kann es sich nicht um Tatjana Trenkowitsch handeln, oder?«, bemerkte Heike.

Bente nickte. Es tat gut, die Theorien mit ihr durchzugehen. So wühlten sie sich gemeinsam durch die unterschiedlichen Ansätze, Motive und Täter- und Opferkreise.

Sie beobachtete Ulrike, die mit ihrer feuchten Hundenase aufgeregt an jedem Grashalm schnupperte.

Ein wenig konnte sie ihre Arbeit damit vergleichen. Sie hatten die Witterung des alten Thomsen aufgenommen und nun suchten sie die Spur, die sie zum Mörder führen würde.

»Lass uns zurückgehen. Ich hoffe, wir können jetzt mit Ivonka Poroschenko sprechen.«

Zehn Minuten später standen sie erneut in dem Krankenhausflur und klopften an die Tür zum Schwesternzimmer. Niemand öffnete und Bente drückte die Türklinke herunter. Sie war auf eine harsche Reaktion des überarbeiteten Personals vorbereitet, aber das Zimmer war leer.

»Heike, wir öffnen jetzt jede einzelne Tür auf dieser Station und sehen nach, wo unsere Zeugin ist! Ich habe kein gutes Gefühl!«

In diesem Moment bog eine Schwester von dem Treppenhaus in den Flur. Bente ging mit gezücktem Dienstausweis auf sie zu.

»Wir möchten mit Ivonka Poroschenko sprechen. Wo finden wir sie?«

»Die Polin?«

»Genau!«

»Die ist vor zehn Minuten abgeholt worden!«

Bente stöhnte auf.

»Von wem?«

»Das weiß ich leider nicht!«

»Von einem Mann oder einer Frau?«, hakte Heike nach.

»Oh, es waren zwei Frauen! Stimmt etwas nicht?«, erkundigte sich die Schwester, aber Bente war es zu kompliziert, ihr die Sachlage zu erklären. Sie winkte ab.

»Wo ist der Beamte, den wir angefordert haben?«

Heike bediente ihr Handy, als im Flur der Polizist in Uniform auftauchte und auf sie zuging.

»Haben Sie mich hier zugeteilt, Frau Hauptkommissarin?«

»Warum hat das so lange gedauert?«, schnauzte Bente ihn ohne Vorwarnung an.

Er reagierte überrascht.

»Wir haben alle Hände voll zu tun, jeder Beamte war im Einsatz. Ich bin so schnell gekommen, wie ich konnte.«

»Na toll, was hatten Sie so Wichtiges zu tun? Parktickets an Touristen verteilen, damit Geld in die Kasse kommt?«

Bente stampfte wütend mit dem Fuß auf.

»Wir sollten zumindest den Bahnhof kontrollieren!«, schlug Heike vor.

»Das ist jetzt zu spät!«, rief Bente wütend. »Selbst, wenn wir sie finden, wird sie nicht mehr aussagen. Ohne ihre Mithilfe kriegen wir Thomsen nicht dran! Das müssen wir gar nicht erst versuchen!«

Sie raufte sich die Haare.

»Ich habs geahnt, deswegen hab ich ja auch die Unterstützung der Kollegen angefordert!«

Sie sprach in Richtung des Polizisten, der sich einige Meter entfernt hatte, aber das Gespräch verfolgte.

»Tut mir leid, aber wir sind so schnell wie möglich…«

»Tja, war wohl nicht schnell genug, was?«

Bente wollte sich nicht beruhigen. Es wurmte sie, dass sie ihre erste richtige Spur verloren hatten.

»Wie heißen Sie?«, schnauzte sie den Polizisten an.

»Willemsen, Erik Willemsen!«, antwortete er mit fester Stimme.

»Und welchen Dienstgrad haben Sie, Erik Willemsen?«, erkundigte sie sich angriffslustig.

»Bente, bitte!«

Sie hielt inne und sah Heike an. Es war das erste Mal in den letzten vier Monaten, dass sie sie bei ihrem Vornamen angesprochen hatte.

Sie hatte über die Stränge geschlagen. Das erkannte sie jetzt und ging auf Willemsen zu. Er war groß, etwa in ihrem Alter, vielleicht etwas jünger und trug einen Dreitagebart.

Er war für sie irgendein Beamter in Uniform gewesen und sie hatte ihren Ärger an ihm abreagiert. Weil sie ranghöher war! Beschämt schloss sie kurz die Augen. So wollte sie nicht sein. Sie hob den Blick und sah ihm ins Gesicht. Er machte einen sympathischen Eindruck.

»Okay, Erik Willemsen. War nicht Ihre Schuld, tut mir leid!«

Sie schluckte einen Kloß hinunter.

Willemsen reagierte unerwartet freundlich.

»Alles gut. In diesem Job stehen wir alle unter Stress, da darf man auch mal explodieren! Ich bin Erik.«

Er hielt ihr lächelnd die Hand hin.

»Bente!«, erwiderte sie seinen Händedruck erleichtert.

»Ich bin Ihnen eine Pizza schuldig, okay?«

»Das hört sich gut an«, antwortete er trocken.

»Was wird das hier? Parship für Polizisten?«, grätschte Heike dazwischen.

»Vorsicht, Röder!«, lachte Bente.

Willemsen ignorierte diesen Schlagabtausch und wandte sich an Bente.

»Soll ich eine Fahndung nach dieser Frau Poroschenko rausgeben?«

»Nein, das hat sich erledigt!«

Sie wusste, das Ivonka sich dem Einfluss Rebers und ihrer Kolleginnen nicht mehr würde entziehen können.

Gerry Rebers gab sich nicht so schnell geschlagen, wie sie angenommen hatte.

Heikes Handy klingelte.

Sekunden später war die Überraschung in ihrem Gesicht abzulesen.

»Wo? Wir sind unterwegs!«

»Brodersen, wir haben eine Leiche!«

Bente wirbelte voller böser Vorahnung herum und starrte ihre Kollegin flehend an. Heike schüttelte sofort den Kopf.

»Nein, es ist ein Mann!«

Bente war froh, dass es sich nicht um Ivonka Poroschenko handelte und darüber, dass Heike sie wieder beim Nachnamen nannte.

»Tun Sie mir einen Gefallen, Erik? Lassen Sie sich eine Beschreibung der Frauen geben, die Poroschenko abgeholt haben. Nur für alle Fälle.«

Er nickte und im nächsten Moment eilte sie gemeinsam mit Heike hinaus.

»Fundort?«

»Hörnum!«

Kapitel 15

Bente stand mit ihrem VW-Bus in Westerland im Stau. Es war Hochsaison und der Autozug spuckte stündlich eine Blechlawine aus. Die Infrastruktur der Kleinstadt war darauf nicht ausgerichtet. Sie schaltete die Warnblinkanlage an und kam dennoch nur langsam voran. Lieferwagen und haltende Autos standen auf den Busspuren und auf den Gehsteigen.

Als sie auf der Lorens-de-Hahn-Straße war, wurde der Verkehr weniger und sie fädelte sich ungebremst in die Autoschlange gen Süden nach Hörnum ein. Erst hinter Rantum, als sie die Parkplätze des *Samoa Seepferdchens* und der *Sansibar* passiert hatten, konnte Bente Vollgas geben.

Auf dieser kleinen Insel, die Touristen aus aller Welt anzog und deren naturgewaltige Schönheit ihresgleichen suchte, gab es auch Vergewaltigung und Mord. Je mehr Menschen auf einem Fleck, desto höher die Kriminalitätsrate. Sie hatte bei Abgabe ihrer Bewerbung für die Dienststellenleitung auf Sylt das Bild von Bullerbü vor Augen gehabt. Stattdessen war sie auf dem Weg zu ihrer fünften Leiche seit Dienstantritt vor vier Monaten. Das war ein deprimierender Schnitt!

»Weißt du, Brodersen…«, sagte Heike, während sie gedankenverloren Ulrikes Kopf streichelte, der sich zwischen den Sitzen befand.

»…diese Insel wäre ohne Menschen ein echtes Paradies!«

Bente lächelte sie an. Es war fast unheimlich, wie gleich sie tickten!

»Das lässt sich auf jeden Ort der Welt übertragen!«, seufzte sie.

»Ja, bis auf Hattstedt! Der Ort wäre ohne Menschen kein Paradies!«

Bente stutzte und runzelte die Stirn.

»Warum?«

»Da wohnen meine Eltern!«, lachte Heike.

Als sie Hörnum erreichten, dirigierte Heike sie zur Westseite.

»Der Tote liegt am Hundestrand!«

Drei Streifenwagen, das unverkennbare Auto eines Bestattungsunternehmens und die SpuSi waren bereits vor Ort.

Bente ärgerte sich, dass sie so viel Zeit für die zwanzig Kilometer gebraucht hatten.

Sie erspähte Flackner und ging zu ihm.

»Moin, Brodersen. Ich denke, das wird dich interessieren!«

Vor dem Leichnam hockend, stocherte er in Exkrementen und Erbrochenem im Sand herum.

Bente erkannte den Toten sofort.

»Ich habe diesen jungen Mann gestern Nacht gesehen, er hatte sein Zelt auf dem Wohnmobilstellplaz aufgeschlagen!«

Die Leiche war von der Bank heruntergerutscht und lag inmitten der Ausscheidungen. Der Geruch war bestialisch und brannte in den Augen.

Heike wandte sich würgend ab und entfernte sich eilig.

»Todesursache?«

Flackner drehte sich zu ihr um.

»Genaues kann ich natürlich erst sagen, wenn er auf meinem Tisch liegt, aber .... «

Er zeigte auf die leere Kornflasche, die unter der Bank lag.

»Volltreffer!«

»Echt jetzt, Flackner? Wir haben eine weitere Leiche und du denkst, das ist ein Volltreffer?«

Er bemerkte ihren Sarkasmus nicht.

»Die Menge an Exkrementen und Erbrochenem ist bemerkenswert.«

Flackner machte seinem Ruf alle Ehre. Sachlich und emotionslos fuhr er fort:

»Die Darmentleerung hat sich vor dem Tod ereignet. Er muss sich vorher regelrecht ausgekotzt haben!«

»War er krank?«

Er schüttelte den Kopf und zeigte auf Spuren, die vom Weg zu der Bank führten.

»Er muss dort zusammengebrochen sein und sich dann bis zur Bank geschleppt haben. Der Tod kann erst vor ein paar Stunden eingetreten sein. Die Leichenstarre ist noch nicht abgeschlossen.«

Zum Beweis hob er einen Fuß des Opfers an.

Bente wusste, dass bei Ausfall von Herz- und Lungenfunktion die Muskeln nach und nach erstarrten. Diese Versteifung begann im Brustkorb und weitete sich kreisförmig aus.

»Die Symptome weisen auf eine Vergiftung hin.«, verkündete Flackner und strahlte sie an.

Bente horchte auf.

»Vergiftung?«

»Sagte ich doch: Volltreffer!«

»Blauer Eisenhut?«

»Das kann ich erst nach den Laboruntersuchungen mit Sicherheit sagen.«

»Wann ist das?«

»Die Rückfahrt bei dem Verkehrschaos inbegriffen... zwei Stunden vielleicht.«

Bente machte zwei Kollegen Platz, die mit einem Leichensack an den Toten herantraten.

Sie sah sich nach Heike um und entdeckte sie an einem der Streifenwagen.

»Ich warte auf deinen Anruf, Flackner!«, verabschiedete sie sich und ging zu ihrer Kollegin.

»Irgendwas zur Identität des Toten?«

»Keine Papiere und kein Handy!«

»Er hatte gestern Nacht einen großen Wanderrucksack dabei!«

»Die Kollegen von der Streife suchen die Umgebung ab, vielleicht finden sie was.«

»Flackner sagt, er ist vergiftet worden, wahrscheinlich mit Blauem Eisenhut, Genaueres in zwei Stunden.«

»So wie unsere Wasserleiche?«, rief Heike überrascht.

»Jep, die beiden Fälle hängen zusammen, nur wie? Wir brauchen diesen Rucksack!«

Bente nahm ihr Handy, rief die Wache an und ließ sich mit Erik Willemsen verbinden.

»Ich könnte hier Hilfe gebrauchen!«

Noch während sie ihm die Sachlage schilderte, hörte sie das Starten des Motors.

»Bin auf dem Weg und funke jetzt die Kollegen an. Bis gleich!«, sagte er.

»Danke!«, antwortete Bente und legte auf. *Danke? Was ist los mit mir? Das ist sein verdammter Job!*

»Ich will so schnell wie möglich Fingerabdrücke, falls wir seinen Rucksack oder andere Sachen nicht finden. Zwei Vergiftungen hintereinander, das ist kein Zufall!«, wandte sie sich an Flackner, der neben ihr auftauchte.

»Da hast du ja messerscharf kombiniert, Frau Hauptkommissarin! Hut ab!«, frotzelte er.

Bente grinste ihn an.

»Dafür werde ich bezahlt. Du lieferst die Fakten und ich leiste die Gehirnarbeit.«

»Touché!«, lachte Flackner.

»Und ich will ein Foto, auf dem man ihn gut erkennen kann. Wir müssen Zeugen finden, die ihn auf dem Weg vom Stellplatz in Wenningstedt hier nach Hörnum gesehen haben.«

Heike schüttelte den Kopf.

»Darauf müssen wir nicht warten. Hörnum ist ein kleines Kaff, wir können hier, wenn es sein muss, an jede Haustür klopfen. Mit seinem Aussehen muss er wie ein bunter Hund aufgefallen sein. Irgendjemand wird ihn gesehen haben!«

»Stimmt! Wir sind hier schließlich nicht in Berlin.«, stimmte Bente ihr zu und fragte:

»Wer hat ihn eigentlich gefunden?«

»Joachim Schmidt. Er bewohnt mit seiner Frau eine Ferienwohnung im Nielsglaat und hat einen Spaziergang gemacht, um am Hafen Fisch zu kaufen. Den Rückweg ist er am Strand gegangen und da hat er den Mann vor der Bank liegen sehen.«

»Das heißt, wir können den Todeszeitpunkt sehr gut eingrenzen.«

Bente hatte eine Spur. Sie würde sich daran festbeißen wie eine Zecke.

Es gab zwei Opfer, die aller Wahrscheinlichkeit nach an dem gleichen Gift gestorben waren. Ob es eine Verbindung zu dem alten Thomsen gab, war längst nicht klar, aber so oder so würde sie ihm auf die Finger klopfen. Diese systematisch erkauften Vergewaltigungen von wehrlosen Frauen mussten aufhören!

Mittlerweile hatten sich dutzende Schaulustige eingefunden. Ein Reporter von der *Sylter Rundschau* duckte sich unter dem Absperrband durch und trat auf Flackner zu. Er wurde von einem Polizisten abgefangen, der ihn zurück hinter die Absperrung brachte und verwarnte.

Bente und Heike verfolgten die Szene kopfschüttelnd.

»Wir klappern erstmal die Gastronomie ab und fragen, ob ihn jemand gesehen hat. Viel kann es hier in Hörnum ja nicht geben, oder?«

Heike grinste.

»Es gibt genau sechs Cafés und Restaurants.«

Sie machten sich zu Fuß auf zum Hafen und Heike erklärte, dass dort die Fischhalle von Thomsen sei.

»Dann statten wir ihm doch einen Besuch ab, vielleicht ist er ja dort! Aber erst suchen wir nach Hinweisen zu dem Toten!«, rief Bente voller Tatendrang.

Die Befragung ergab keinen einzigen Hinweis. Niemand hatte jemanden gesehen, auf den die Beschreibung des Toten passte.

Sie gingen die Strandpromenade entlang, fragten Besucher und Gäste und standen nach einer Stunde mit leeren Händen am Leuchtturm von Hörnum.

Bente öffnete auf ihrem Handy eine Nachricht von Flackner. Das gereinigte Gesicht des toten, jungen Mannes sprang ihr entgegen. Sie leitete es an Heike weiter und kam sich vor wie ein Schiff im Nebel. Sie war dem Ziel ganz nah, das spürte sie, aber ohne einen greifbaren Hinweis würde sie es nicht erreichen.

»Heike, uns bleibt nur noch die Fischhalle!«

Die Halle befand sich direkt am Hafen gegenüber des Anlegers für die Kutter.

Ein großes, schmuckloses Gebäude, in dem nur auf wenige Mitarbeiter trafen. Hier richtete die Arbeitszeit sich nach dem Tidenkalender. Das Einlaufen der Fischkutter bestimmte den Arbeitsplan.

Sie fragten zwei Männer, die den Boden schrubbten, ob sie einen jungen Mann mit Dreadlocks gesehen hatten und, als sie dies verneinten, wo der Chef sei. Schulterzuckend wiesen sie mit dem Arm zum Ende der Halle und setzten ihre Arbeit fort.

Bente und Heike gingen durch die Halle und trafen auf eine Frau, die in einem winzigen Büro saß und mit monotonen Bewegungen Lieferscheine lochte und abheftete.

Auch sie hatte den Gesuchten nicht gesehen.

»Ist Herr Thomsen auch hier?«, fragte Bente sie.

»Nein, er kommt jeden Tag immer nur kurz rein, heute vor circa zwei Stunden. Er fährt den ganzen Tag über die Insel zu den verschiedenen Filialen, um die Mitarbeiter zu überprüfen.«

Sie war arglos, auskunftsfreudig und außerdem wollte sie Details zu dem Leichenfund am Weststrand hören. Das hatte sich bereits herumgesprochen.

Typisch Tratschtante, dachte Bente.

»Aber der Junior ist bestimmt noch da!«

Sie kreiste mit dem Zeigefinger um ihre Schläfe, um ihnen mitzuteilen, dass er nicht ganz richtig im Kopf war.

»Henning ist immer der Erste und der Letzte in der Halle und kommt nie aus seiner Ecke raus. Außerdem schafft er mehr als zwei Männer in der gleichen Zeit. Das führt oft zu Ärger mit dem Alten. Viele Kollegen mussten gehen, weil er meinte, dass sie trödeln, aber keiner ist so schnell wie Henning. Nach der Arbeit schleift er sein Messer und sitzt rum. Wann er geht, weiß keiner, aber ein Bett gibts hier nicht, also wird er wohl irgendwann nachhause gehen.«

»Danke, dann werden wir mal den Junior aufsuchen«, beendete Bente den Redefluss.

An den Geruch nach Fischabfällen konnte sie sich nicht gewöhnen.

Heike hielt sich die Nase zu und sprach mit nasaler Stimme:

»Ich hoffe, mein Appetit auf Fischbrötchen ist nicht für ewig futsch!«

Bente grinste und sah im Halbdunkel in der Ecke einen Mann auf einer umgedrehten Plastikbox sitzen. Sie hörte ein leises Sirren.

»Moin, sind Sie Henning Thomsen?«

Sie bekam keine Antwort und trat einen Schritt näher an ihn heran. Vielleicht war er taubstumm?

»Herr Thomsen?«, rief sie.

Er grunzte nur spröde.

»Wir sind von der Polizei und würden gern mit Ihnen sprechen.«

Stumm hockte er auf der Box und zog mit fließenden Bewegungen sein Messer über einen Wetzstab.

Die Klinge war lang und spitz zulaufend. Sie blitzte, trotz des fahlen Lichts, immer wieder kurz auf.

Als er ihnen sein Gesicht zuwandte, bemerkten sie sofort das starre Glasauge. Es war irritierend, da nicht zu erkennen war, in welche Richtung er sah.

»Wir würden gern mit Ihnen über Ihren Besuch im Nachtclub vor drei Wochen sprechen.«

Henning Thomsen schreckte hoch und drehte ihnen den Rücken zu. Er tänzelte aufgeregt von einem Bein auf das andere.

»Sie waren doch in dem Nachtclub, richtig?«

Nach einiger Zeit sahen sie ihn nicken und hörten wieder einen Grunzlaut.

»Er spricht nicht!«, erklärte die Sekretärin, die ihnen unbemerkt gefolgt war.

»Ist er stumm?«, fragte Heike.

»Weiß nicht!«

Sie zuckte mit den Schultern.

»Er hat danach einfach aufgehört zu sprechen.«

Sie tippte sich mit einem Finger auf ihr Auge.

Danach bezog sich offenbar auf einen Unfall, aber Bente fand es respektlos, im Beisein des Mannes Fragen zu stellen.

»Wie können wir mit Ihnen kommunizieren? Soll ich Ihnen Stift und Zettel geben?«, versuchte sie noch einmal, Kontakt zu ihm aufzunehmen. Er reagierte nicht. Sie warf der übereifrigen Sekretärin einen fragenden Blick zu.

Sie zeigte auf einen kleinen Tisch.

»Er bringt jeden Tag seine Essensbox und eine Flasche Wasser mit, sitzt hier und schleift sein Messer. Mehr kann ich nicht über ihn sagen.«

Während sie sprachen, drehte Henning Thomsen sich um und starrte Heike an, die sich sichtlich unwohl fühlte.

Bente verfolgte, wie sie die Schultern straffte und ihr Handy hervorholte. Schließlich hielt sie ihm das Display vor sein gesundes Auge.

Fasziniert beobachtete Bente die Veränderung in seinem Verhalten. Ganz langsam und bedächtig drehte er den Kopf in Richtung Display und sah sich das Foto an. Er kniff das gesunde Auge etwas zusammen und beugte sich näher zu dem Foto.

Wieder stieß er ein Grunzen aus, wandte aber seinen Blick nicht ab.

Er legte sein Messer aus der Hand und berührte vorsichtig mit einem Finger das Display.

Es machte den Eindruck, als würde er den Mann auf dem Foto erkennen.

»Kennen Sie diesen Mann, Herr Thomsen?«, fragte Heike mit einfühlsamer Stimme.

Er reagierte nicht, sondern starrte unverwandt auf das Foto.

Eine ältere Frau rauschte eiligen Schrittes auf die kleine Gruppe zu.

»Seine Sehkraft auf dem verbliebenen Auge ist stark eingeschränkt! Er kann Ihnen nicht weiterhelfen!«

Ihre Stimme war schneidend und autoritär.

»Ich bin Martha Thomsen, seine Mutter. Lassen Sie ihn in Ruhe, er darf sich nicht aufregen.«

Sie stellte sich schützend vor ihren Sohn.

»Wir sprechen uns noch!«, rief sie der Sekretärin nach, die hastig in ihr Büro zurückkehrte. Fast tat sie Bente leid.

»Hauptkommissarin Brodersen. Wir haben nur ein paar Fragen an Ihren Sohn.«

Bente versuchte, die Situation zu entspannen. Mütter beschützten ihre Kinder, egal wie alt. Das kannte sie von sich selbst.

»Fragen? An Henning?«

Frau Thomsen lachte sarkastisch.

»Sehen Sie ihn sich doch an! Er hat vor Jahren beschlossen, nicht mehr zu reden, da werden Sie kein Wort hören. Was soll er Ihnen auch sagen können? Da draußen laufen tausende von Leuten herum und Sie fragen ausgerechnet meinen Sohn, der nie aus dieser Fischhalle rauskommt?«

Martha Thomsen wirkte entschlossen.

»Wenn Sie meinen Sohn befragen wollen, dann wenden Sie sich an unseren Hausarzt, Dr. Jörgens!«

Bente nickte und Heike hielt ihr spontan das Handydisplay vor die Nase.

»Haben Sie diesen Mann schon mal gesehen?«

»Nein!«, sagte sie und nahm ihren Sohn an die Hand.

»Sie haben ja gar nicht richtig hingesehen!«, hakte Heike nach.

»Ich kenne diesen langhaarigen Landstreicher nicht!«

Damit verließ sie die Fischhalle mit ihrem vierzigjährigen Sohn an der Hand durch den Hintereingang. In der Tür drehte sie sich noch einmal um.

»Belästigen Sie ihn nicht weiter, er ist krank!«

Sie schloss die schwere Feuerschutztür mit einem lauten Knall.

»Warum hast du sie nicht nach Ihrem Mann gefragt?«, fragte Heike, als sie auf dem Vorplatz der Halle standen und unwillkürlich tief ein- und ausatmeten.

Bente schnalzte mit der Zunge, und Ulrike, die brav vor dem Grundstück gewartet hatte, rannte schwanzwedelnd los.

»Weil wir jetzt direkt zu ihm gehen werden!«, antwortete sie auf die Frage.

»Weißt du denn, wo die wohnen?«

»Im Büro hing eine Luftaufnahme von dem Haus und ich habe es wiedererkannt. Wir sind vorhin dran vorbeigekommen!«

»Wow! Du bist gut!«, rief Heike.

»Danke für das Lob«, grinste Bente und sah Heike vor Verlegenheit erröten.

»Sorry, das war unpassend«, stammelte sie und Bente knuffte sie lachend in die Seite.

Sie gingen zu dem nahegelegenen Anwesen der Thomsens.

»Hast du auch das Gefühl gehabt, dass er den Toten auf dem Foto irgendwie erkannt hat?«, fragte Heike.

»Ja, sein Verhalten war wirklich sehr seltsam!«

Als sie das Tor zur Auffahrt erreichten, stellten sie fest, dass es sich um ein Doppelhaus mit zwei vollkommen voneinander abgetrennten Wohnhäusern handelte. In dem vorderen befand sich weder in den Fenstern noch im Garten irgendein Dekoobjekt. Rasen und Büsche waren akkurat geschnitten, aber alles sah irgendwie ungenutzt aus.

»Hier wohnt bestimmt der Junior!«, vermutete Heike.

Sie gingen den Weg zu der hinteren Haustür entlang, als Bente stutzte. An der Haustür des Vorderhauses befand sich ein Briefkasten. Darauf klebte ein Schild mit dem Namen Hinnerk Thomsen.

»Na, sieh mal an!«, raunte sie Heike zu.

Sie gingen weiter und fanden an der nächsten Tür ein

Klingelschild mit der Aufschrift:

MARTHA & HENNING THOMSEN.

Das Schild war uralt und verwittert, aber noch lesbar.

Von hier aus hatten sie einen Blick in einen wunderschön angelegten Garten mit zahlreichen Sitzgelegenheiten und bunt blühenden Rabatten, Hochbeeten und Kräuterschnecken. Alles wirkte einladend und liebevoll gepflegt.

»Welch ein Gegensatz!«, staunte Bente und Heike stimmte ihr mit offenem Mund zu.

»Wunderschön!«

»Aber wir werden nicht hereingebeten werden, also reiß deinen Blick los und lass uns unser Glück im Vorderhaus versuchen.«

Sie klingelten bei Hinnerk Thomsen, aber alles blieb still. Er war nicht zuhause.

Bente ließ Ulrike ihr großes Geschäft mitten auf dem Rasen verrichten und grinste ihre Kollegin an.

»Sie findet ihn Kacke!«

»Ich auch!«, lachte Heike.

Als sie in Bentes VW-Bus Hörnum verließen, hingen sie ihren Gedanken nach.

»Ist dieser Dr. Jörgens nicht ein Bekannter von Hansen?«, fragte Bente schließlich.

Heike nickte.

»Hansen kennt alle hier, aber ja!«

»Bevor wir den Arzt oder den alten Thomsen aufsuchen, sollten wir uns erstmal von Hansen über Henning Thomsens Unfall aufklären lassen. Er weiß sicher etwas darüber!«

»Ich ruf ihn an!«

Die wunderschöne Dünenlandschaft rechts und links der Straße konnte nicht darüber hinwegtäuschen, dass ein Mörder auf der Insel sein Unwesen trieb und Bente wollte auf keinen Fall eine dritte Leiche finden.

Kapitel 16

Sie hatten Hansen nicht erreicht und nur eine Nachricht hinterlassen. Er würde sich melden, das war sicher, denn schließlich war ihm langweilig in seinem Rentnerdasein.

Also steuerten sie den Thomsen-Gourmet- Imbiss in der Friedrichstraße an.

Bentes Bulli war mittlerweile bei den Mitarbeitern des Ordnungsamtes bekannt. Sie hielt direkt vor dem Imbiss in der Fußgängerzone.

Bente zeigte dem Mitarbeiter am Tresen ihren Dienstausweis und fragte nach Hinnerk Thomsen.

»Der ist gerade hinten raus!«

Blitzschnell umrundeten sie das Gebäude und sahen Thomsens Mercedes Geländewagen an der Schranke zum Parkplatz stehen.

Heike stellte sich in die Einfahrt und versperrte ihm breitbeinig den Weg.

»Was fällt dir ein!«, schnauzte er sie durch die geöffnete Seitenscheibe an.

Bente hielt ihm ihren Ausweis entgegen.

»Kripo Sylt, Brodersen, wir haben ein paar Fragen an Sie.«

»Ich habe keine Zeit!«, gab er mürrisch zurück.

»Dann müssen Sie sich die Zeit nehmen!«

Bente setzte auf den Überraschungseffekt.

»Sie werden beschuldigt, Ivonka Poroschenko vergewaltigt und misshandelt zu haben!«

Ihre Stimme war fest und entschlossen.

»Kenn ich nicht, wer soll das sein?«, blaffte er.

»Die Frau, mit der Sie gestern im Nachtclub zusammen waren!«

»Ich merke mir die Namen nicht, interessiert mich auch nicht!«

»Sie geben also zu, dass sie letzte Nacht mit ihr auf dem Zimmer waren?«

»Ist das ein Verbrechen, wozu ist der Puff denn sonst da?«

»Jedenfalls nicht, um wehrlose Frauen zu vergewaltigen!«

»Sie hat dafür Geld bekommen!«

»Also geben Sie die Vergewaltigung zu?«

Bente hob die Stimme.

»Was ich für Vorlieben habe, geht Sie nichts an, Frau Kommissarin!«

»Hauptkommissarin!«, stellte Bente richtig.

»Frau Poroschenko sieht das ganz anders. Sie hat Anzeige erstattet. Ich muss Sie bitten, mit auf die Dienststelle zu kommen.«

»Wegen dieser Nutte?«

»Nein, wegen Ihrer Straftat!«

Heike sah prüfend zu Bente hinüber und stellte sich auf die andere Seite des Wagens, ihre Hand am Halfter. So hatte sie es in der Polizeischule gelernt. Kollegen abzusichern gehörte zum kleinen Einmaleins jedes Polizisten.

Bente war vollkommen klar, dass sie nur die Aussage von Ivonka Poroschenko auf Tonband hatten. Sie war sicher längst auf dem Festland und würde als Zeugin nicht mehr zur Verfügung stehen. Dennoch reichte das, um Thomsen für eine Befragung mitzunehmen und wenn er die Vergewaltigung tatsächlich zugab, würde er zwar mit einer Verwarnung davonkommen, aber sich in Zukunft hüten, weitere Frauen zu misshandeln. Das war besser als nichts.

Außerdem wollte sie von ihm mehr über die Geschichte mit den drei Frauen aus Rumänien erfahren.

»Welche Straftat?«

War er so schwer von Begriff oder einfach nur stur und ignorant?

»Das werden wir auf dem Revier klären! Sie können uns entweder folgen oder wir lassen einen Streifenwagen kommen, der sie abholt! Ist ihre Entscheidung!«

Sie grinste ihn eiskalt an.

Mürrisch und fluchend nickte er.

»Heike, holst du den Wagen?«

Sie warf ihrer Kollegin die Autoschlüssel zu und musste schmunzeln. War das nicht Derricks berühmter Satz? Sie hatte die Folgen des TV-Kommissars in ihrer Kindheit gesehen und sich schon damals gewünscht, diesen Beruf zu ergreifen.

Thomsen telefonierte mit seinem Anwalt und betrachtete Bente in ihrer Funktionshose und der Weste abschätzend.

Heike fuhr mit dem Bulli vor und hupte kurz. Bente sprang auf den Beifahrersitz.

»Was für ein Arsch!«, zischte Bente, als sie losfuhren.

»Wir kriegen ihn doch sowieso nicht dran, oder?«

»Ja, aber ich will ihn auf die Palme bringen. Nur so verrät er uns unfreiwillig etwas über die Nacht mit den drei Rumäninnen und eventuell führt uns das irgendwie zu unseren beiden Leichen. Immerhin ist eine in Hörnum, seinem Wohnort, gefunden worden. Allerdings hat er bereits seinen Anwalt angerufen, also freuen wir uns nicht zu früh!«

Bente drehte sich um und vergewisserte sich, dass Thomsen ihnen folgte.

»Braves Mädchen!«

Sie streichelte Ulrikes Kopf, die stillhielt und die Berührung genoss.

Auf der Dienststelle brachten sie den alten Thomsen in den kleinen Vernehmungsraum.

Polternd drohte er, sich bei den obersten Stellen zu beschweren.

Bente setzte sich ruhig ihm gegenüber an den Tisch.

Er war in Fahrt und ließ seinem Ärger Luft. Genau darauf hatte sie es abgesehen. Menschen wie Hinnerk Thomsen trafen im Alltag auf wenig offen geäußerte Kritik oder Widerworte. Als Chef von mehreren hundert Mitarbeitern war er schaumgebremst unterwegs und so führte er sich auch auf.

Seine Selbstsicherheit war Bentes Chance, aus ihm irgendetwas herauszukitzeln, bevor sein Anwalt eintreffen würde.

»Sie sagen also, es war keine Vergewaltigung?«, fragte sie.

»Natürlich nicht! Ich habe dafür bezahlt!«

»Sind Sie ein Stammgast in dem Nachtclub?«

»Wüsste nicht, was Sie das angeht!«

»Vergewaltigen Sie dort regelmäßig wehrlose Frauen?«

Thomsen stützte seine Fäuste auf dem Tisch ab.

»Was wollen Sie mir hier unterstellen, Sie kleines....«

Bente unterbrach ihn schnell und barsch.

»Vorsicht, Herr Thomsen, Beamtenbeleidigung ist kein Kavaliersdelikt!«

Sie sah ihn ernst an, ohne ihn zu provozieren. Wenn er sie beleidigte und beschimpfte, müsste sie das Gespräch beenden und sie war noch nicht fertig mit ihm.

Er beruhigte sich. Aber seine Augen verengten sich zu kleinen Schlitzen. Er war auf der Hut und nahm sich zurück.

»Vor drei Wochen waren Sie mit Ihrem Sohn in der Norderstrasse, richtig?«

»Schnüffeln Sie etwa in meinem Privatleben herum?«

»Keineswegs, aber uns liegt eine Anzeige vor, da kommt sowas und noch viel mehr von ganz allein zu Tage.«

Wenn es doch nur so wäre!

»Ich kann schlecht für meinen Sohn sprechen. Wenn Sie ihn befragen, wird er nichts sagen. Weil er plemplem ist! Wenden Sie sich an Dr. Jörgens, der ist sein Arzt. Mein Sohn ist krank!«

Da war er sich offensichtlich mit seiner Frau einig! Bente bohrte weiter.

»Nachen Sie viel mit Ihrem Sohn?«, fragte sie unverfänglich.

»Mit Henning? Mit dem kann man nichts machen, der ist ein wie ein Stück Gemüse!«

Bente atmete tief ein. Sie musste ihre Abneigung gegen diesen brutalen, emotional verkümmerten Mann in Zaum halten.

»Sie bezahlen diese Frauen dafür, dass sie Ihnen einen Enkelsohn schenken, und was passiert dann?«

Seine Gesichtszüge entglitten ihm für eine Sekunde, dann fing er sich wieder.

»Rebers! Das wirst du büßen!«, murmelte er düster.

Bente schwieg.

Hinnerk Thomsen verschränkte die Arme vor der Brust, lehnte sich zurück und streckte die Beine von sich.

»Ich denke, ich warte auf meinen Anwalt!«

Es klopfte und Heike stand auf, um von Klemme die angeforderten Ausdrucke des Fotos von dem Toten entgegenzunehmen.

Sie trat neben Thomsen und legte das Bild vor ihn auf den Tisch.

Bente beobachtete ihn konzentriert.

Er sah auf das Foto und seine Mimik verriet nichts als Verwirrung.

»Wer soll das sein? Wozu zeigen Sie mir das?«

Entweder er ist ein exzellenter Schauspieler oder er hat ihn wirklich noch nie gesehen.

Bente wusste, dass sie ihn gehen lassen musste, sobald sein Anwalt eintraf. Sie hatte nichts gegen ihn in der Hand.

Wie gerufen klopfte es erneut und ohne auf ein Zeichen zu warten, riss ein Mann in dunklem Anzug und Aktenkoffer in der Hand, die Tür auf. Anwälte sahen alle gleich aus.

»Frau Kommissarin,...«

»Hauptkommissarin Brodersen!«, korrigierte sie ihn seufzend.

»Schröder. Ich vertrete Herrn Thomsen.«

Er überreichte ihr seine Visitenkarte.

»Liegt etwas gegen meinen Mandaten vor?«

»Allerdings! Vergewaltigung und brutale Misshandlung einer jungen Frau. Sie musste im Krankenhaus behandelt werden!«, erwiderte Bente trocken.

Für den Bruchteil einer Sekunde stockte Schröder und sah zu Thomsen hinüber. Bente glaubte, Verachtung in diesem

Blick zu sehen und empfand spontan einen Anflug von Sympathie für diesen Anwalt.

»Da war gar nichts, sie...«

»Du sagst kein Wort mehr!«, unterbrach Schröder seinen Mandanten und wandte sich an Bente.

»Ich möchte mich mit meinem Mandanten kurz besprechen.«

Seine Ausdrucksweise war höflich und bestimmt.

Bente winkte ab.

»Nicht notwendig, Herr Thomsen kann gehen!«

Der Anwalt hob überrascht eine Augenbraue. Ihm war in diesem Moment bewusst, dass es keine aussagewillige Zeugin gab.

Als die beiden gegangen waren, wandte Bente sich an Heike.

»Hast du irgendwas beobachtet, als du ihm das Foto gezeigt hast?«

Sie schüttelte den Kopf.

»Sah nicht so aus, als wäre er ihm schon mal über den Weg gelaufen.«

»Das sehe ich auch so. Wäre ja auch zu einfach gewesen!«

Bentes Handy klingelte und zeigte einen Videoanruf von Flackner an.

»Das ging schnell!«, lautete ihre Begrüßung.

Flackner stand vor dem Obduktionstisch, die Leiche hob sich deutlich unter dem Laken ab.

»Viel habe ich noch nicht, aber es befindet sich kein Tropfen Alkohol im Blut.«

»Aber die Flasche und der Geruch?«, wunderte sich Bente.

»Dein Job! Er war nüchtern!«

»Okay, Todesursache?«

»Blauer Eisenhut, wie bei unserer Wasserleiche, allerdings viel deutlicher nachweisbar, ist ja logisch.«

»Könnte das Gift zufällig aufgenommen worden sein?«

»Zufällig? Wildwuchs gibts hier auf der Insel nicht und ich kann mir auch nicht vorstellen, dass jemand auf die Idee kommt, in diese Pflanze zu beissen. Sie steht in voller Blüte und kann nicht mit Salat verwechselt werden! Also nein! Das Gift wurde in diesem Fall in ein Getränk gemischt, antialkoholisch, wie gesagt. Das Erbrochene weist auf ein Käsebrötchen hin. Das war offenbar sein Frühstück. Die Konzentration des Giftes in den festen Bestandteilen des Erbrochenen ist nicht höher, also war das Brötchen sauber!«

Er war fertig mit seinem Bericht und biss herzhaft in ein Käsebrötchen. Flackners Abgebrühtheit war beneidenswert!

»Okay, melde dich wieder, wenn du noch was findest!«, sagte Bente.

»Brodersen?«

»Jo!«

»Wie wärs mit einem Danke?«

Er schmatzte.

Sie dachte eine Sekunde nach.

»Guten Appetit!«

Er lachte und legte auf.

Heike schüttelte sich.

»Schon abgefahren, oder? Und dann ausgerechnet ein Käsebrötchen!«

»Jep, Flackner merkt echt gar nichts mehr! Egal, ich möchte eine Lagebesprechung mit allen Unterlagen, Fotos, Beweisen und Indizien in zehn Minuten!«

Bente brauchte frische Luft und etwas Bewegung, um alle Einzelheiten für sich zu sortieren. Ulrike sprang auf ihren

Pfiff hin von ihrer Decke auf und folgte ihr nach draußen. In zehn Minuten würden sie zurück sein.

Der Wind hatte aufgefrischt. Der schnelle Wechsel von Sonne und Wolken war typisch für Sylt.

Sie ging die Brandenburger Straße bis zur Promenade. Ein Blick auf die Nordsee würde ihr hoffentlich helfen, klarer zu sehen.

Für Ulrike gab es jede Menge zu erschnüffeln und nach ein paar Minuten spürte Bente, dass ihr Kopf freier wurde.

Zwei Giftmorde, ein postpotenter Frauenfeind, der Vergewaltigungen und Misshandlungen als Vergnügen ansah und ein psychisch gestörter Mann, der nicht sprach.

Das war die Essenz ihrer bisherigen Ermittlungen.

Plötzlich spürte Bente wieder dieses Unbehagen, als ob sie beobachtet würde. Sie drehte sich abrupt um und fasste jede der umliegenden Personen ins Auge. Nichts. Alles nur Spaziergänger wie sie.

Es waren nicht die berühmten Nackenhaare, die sich aufstellten, sondern eher ein Bild aus ihrer Vergangenheit, das sie verfolgte.

Dann bemerkte sie den Mann am oberen Ende der Promenade. Er hatte sein Gesicht unter einer Kapuze verborgen und starrte in ihre Richtung.

Bente vergewisserte sich, dass niemand hinter ihr stand. Nein, der Blick galt ihr!

Sie spannte ihre Muskeln an und sprintete auf ihn zu. Sofort setzte er sich ebenfalls in Bewegung und rannte vor ihr weg.

Bente lief schneller, aber der Abstand zu ihm verringerte sich nicht.

Ulrike sprang aufgeregt um sie herum und Bente musste sich darauf konzentrieren, nicht über den Hund zu fallen. Sie bremste ab und scannte die Promenade vor sich ab. Der Mann war verschwunden.

Sie hockte sich hinab zu Ulrike und streichelte sie.

»Wir werden beobachtet, mein Mädchen!«, murmelte sie und spürte ein Frösteln, das wie eine eiskalte Welle über ihren Körper rollte.

Zurück in der Dienststelle behielt sie den Vorfall vorerst für sich. Nach der Besprechung würde sie eventuell mit Heike darüber reden.

Im Besprechungszimmer waren bereits alle versammelt und auf dem Tisch stand eine Thermoskanne mit Kaffee. Bente setzte sich und die Tür öffnete sich noch einmal.

»Da komme ich ja genau richtig!«

Hansens dumpfe Stimme rauschte durch seinen Bart.

Ulrike lief schwanzwedelnd auf ihn zu und begrüßte ihn überschwänglich. Wieder zog er eine Frikadelle aus seiner Tasche und verfütterte sie in kleinen Stückchen.

Bente kam gleich zur Sache.

»Hansen, was weißt du über Thomsen und seinen Sohn?«

Erstaunt sah er sie an.

»Das ist fast zwanzig Jahre her!«

Er strich sich mit den Fingern durch seinen Bart.

»War ne düstere Geschichte!«

Kapitel 17

Er wusste, mit wem er reden konnte. Die Worte waren stockend aus seinem Mund hervorgekommen. Er hatte zu wenig Übung. Bei ihm war er sicher. Ihm konnte er vertrauen.

Er hatte geschildert, was sie mit ihm gemacht hatten. Es war erniedrigend gewesen.

Er hatte sich nicht wehren können, der Alte hatte ihm irgendwas gegeben. Sonst hätte er sich gewehrt!

Alles war gleichzeitig geschehen. Wie mehrere Umleitungen von Straßen, die sich über Jahrzehnte hinweg in verschlungenen Wegen gewunden hatten und nun an ihrem gemeinsamen Ziel zusammentrafen.

Waren Zufälle letzten Endes nicht vom Schicksal bestimmte Wege? Wurden die Schritte jedes einzelnen Menschen mit einem unsichtbaren Faden gelenkt?

War er verantwortlich für Gerechtigkeit?

Er zog die Stirn in Falten.

Ja, er musste es erledigen!

Kapitel 18

»Es war im Herbst des Jahres, in dem ich die Dienststellenleitung übernommen habe.«

Hansen hatte sich hingesetzt.

»Rike Thomsen war gerade mal zwanzig Jahre alt, als sie entführt wurde!«

Bente staunte.

»Der alte Thomsen hatte eine Tochter?«

»Schwiegertochter!«, korrigierte Hansen.

»Die Frau von Henning. Beide waren blutjung und Rike kam nicht von hier. Sie war ein Freigeist und Hippie, das konnte nicht gutgehen! Ich kenne Hinnerk Thomsen noch aus der Schulzeit, er war zwei Jahre unter mir und damals war sein Vater als der alte Thomsen bekannt. Ist ne Sylter Erfolgsgeschichte. Vom einfachen Fischer zu einem der größten Gastronomen auf der Insel.«

Gedankenverloren kramte Hansen in seiner Tasche nach einem Hundekeks und steckte ihn Ulrike, die zu seinen Füßen lag, zu.

»Rike und Henning waren entführt worden. Rike hatten sie laufen lassen. Sie war mit einer Schramme am Kopf davongekommen.«

»Was war passiert?«

»Zwei Männer hatten ihnen aufgelauert, sie in einen Wagen gesperrt und ihnen Säcke über den Kopf gestülpt. Offenbar hatten es die Entführer auf Henning Thomsen abgesehen. Schließlich war bei Thomsen schon damals viel zu holen gewesen. Rike hatten sie nachhause geschickt, um dort auf Anweisungen zu warten. Am nächsten Tag war ein Erpresserbrief und ein Paket bei Thomsen eingegangen. Die Entführer hatten zwei Millionen gefordert. In bar, unmarkierte Scheine.«

»Ein Paket?«

»Darin waren ein Rucksack und ein Handy. Das Geld sollte mit dem Zug aufs Festland gebracht werden. Die Anweisungen waren sehr detailliert. Rike sollte den Rucksack mit auf den Autozug um 18 mitnehmen. Allein. In Niebüll sollte sie auf den Bahnhofsparkplatz fahren und auf Anweisungen warten. Die Entführer würden ihr eine SMS schicken!«

Alle hörten Hansen gespannt zu. Keiner von ihnen war schon im Polizeidienst gewesen, als diese Entführung passiert war.

»Was war geschehen?«

»Wir hatten beide Bahnhöfe überwacht und zwei Zivilwagen mit auf dem Autozug gehabt.«

Hansen schaute gedankenverloren aus dem Fenster.

»Ich hätte es ahnen müssen!«, murmelte er.

»Was ahnen müssen? Hansen, nun spann uns nicht so auf die Folter. Erzähl schon!«

»Mitten auf der Strecke auf dem Hindenburgdamm war Rike aus dem Auto gestiegen und hatte den Rucksack vom Zug geworfen.«

»Darauf wart ihr nicht vorbereitet gewesen, richtig?«

Hansen nickte stumm.

»Wir hatten sofort die Wasserschutzpolizei und einen Hubschrauber angefordert, um das Gebiet abzusuchen. Das war kein Gelände, wo du mal eben schnell hinfahren konntest, erst recht nicht bei Flut.«

»Und?«

Bente hatte das Gefühl, live dabei zu sein. Sie empfand die Ohnmacht nach, die Hansen vor zwanzig Jahren gespürt haben musste.

»In dem ganzen Trubel und der Hektik hatten wir Rike aus den Augen verloren. Sie war zwar in Niebüll auf den Bahnhofsparkplatz gefahren, den Wagen hatten wir allerdings leer vorgefunden. Nur das Handy hatte auf dem Fahrersitz gelegen. Ein paar Stunden später war darauf eine SMS mit dem Aufenthaltsort von Henning Thomsen eingegangen. War von einem gestohlenen Handy gesendet worden. Von Rike Thomsen fehlt bis heute jede Spur!«

»Nein!«

Heikes überraschter Ausruf kam von Herzen.

»Heißt das, du glaubst, sie hat das alles eingefädelt?«

Hansen nickte.

»Sehr clever, das muss man ihr lassen. Sie hatte wahrscheinlich schon vorher einen zweiten, identischen Rucksack im Auto deponiert und den hinausgeworfen. Wir hatten ihn gefunden, aber es war nur Zeitungspapier darin gewesen. Zwei Wochen alte Zeitungen!«

»Also hatte sie das von langer Hand geplant!«, bemerkte Timme kopfschüttelnd.

Bente hatte noch eine Frage an Hansen.

»Und Henning Thomsen? Wusste er davon?«

»Henning Thomsen war in einem Erdloch unter einem Wohnwagen auf dem Campingplatz in Wenningstedt versteckt gewesen. Er hatte einen Jochbeinbruch und die Ärzte hatten sein Auge nicht retten können. Seitdem spricht er nicht mehr!«

»Kein Wunder, dass der traumatisiert ist! Seine eigene Ehefrau hat ihn entführt und Lösegeld erpresst!«, bemerkte Klemme.

»Der alte Thomsen war damals außer sich vor Wut gewesen, hatte sogar eigene Privatdetektive angeheuert, aber Rike blieb wie vom Erdboden verschluckt. Natürlich hatte er seinem Sohn die Schuld gegeben! Er war von Anfang an gegen diese Heirat gewesen, aber Henning hatte sich dieses eine Mal durchgesetzt.«

Bente seufzte.

»Das erklärt auch, weshalb die Thomsens in zwei Häusern leben!«

Heike war fünf Jahre älter als Rike Thomsen zur Zeit dieser Entführung.

»Unfassbar, dass so ein junges Mädchen soviel kriminelle Energie aufbringt! Für Geld! Sie hatte doch noch alle Möglichkeiten der Welt!«, rief sie und schlug sich mit der flachen Hand an die Stirn.

Bente freute sich über Heikes Naivität. Sie zeugte von ihrem unverdorbenen Charakter. Aber sie selbst hatte bereits mehrfach erfahren, dass Habgier auch in jungen Jahren vorkam.

Sie nahm einen Aktenordner vom Tisch und blätterte darin herum. Schließlich nahm sie das Phantombild, das sie von der Wasserleiche hatten, heraus und legte es Hansen vor die Nase.

»Könnte das Rike Thomsen sein?«

Hansen starrte auf die Schwarzweißzeichnung und schüttelte den Kopf.

»Das ist zwanzig Jahre her, Menschen verändern sich. Rike war relativ klein und blond, aber eine Ähnlichkeit kann ich nicht erkennen. Es gibt Fotos von ihr in der alten Akte.«

Hansens Blick flog zu dem Schwarzweißausdruck des Fotos von dem jungen Mann. Er griff danach und starrte auf das Foto des jungen Mannes, den sie heute Vormittag tot in Hörnum gefunden hatten.

»Das ist der Tote aus Hörnum?«

Bente nickte. Sie musste sich die alte Akte von der Entführung vornehmen. Einen Versuch, die Wasserleiche vielleicht als Rike Thomsen zu identifizieren, war es wert.

Hansen blätterte konzentriert durch die aktuellen Ermittlungsakten und Bente dachte kurz darüber nach, sie ihm wegzunehmen. Allerdings hatte er ihnen gerade geholfen.

Also ließ sie ihn gewähren.

Nachdenklich rieb sie sich die Schläfen und sah aus dem Fenster.

Der Wind hatte einige Regenwolken herangebracht und vereinzelte Schauer malten einen Regenbogen an den Himmel.

Plötzlich hielt sie inne und erstarrte.

Kapitel 19

Ich will den Mann da!«, rief Bente ihren Kollegen zu, die vollkommen perplex waren und wie in Zeitlupe mit den Augen ihrem ausgestreckten Arm folgten.

Wie von der Tarantel gestochen hechtete sie zur Tür, sprang die drei metallenen Stufen des Containers hinab und rannte quer über den Parkplatz.

Auf der anderen Seite der Stephanstrasse stand wieder der Mann mit der Kapuze.

Als ihm bewusst wurde, dass sie ihn entdeckt hatte, wirbelte er herum und gab ebenfalls Fersengeld.

Bente war keine Extremsportlerin, aber durchtrainiert. Sie verringerte den Abstand langsam, aber stetig. Er rannte die Brandenburger Straße hinauf und bog an der Promenade links ab. Hier war die Menschenmenge wesentlich dichter und wegen der Schauer hatten viele Leute die Kapuze über den Kopf gezogen.

Bente fokussierte sich auf den Mann und ignorierte das Seitenstechen. Sie sandte einen stummen Dank an Hansen, der Ulrike bei sich behalten hatte, als sie aus dem Raum gelaufen war.

»Stehen bleiben!«, rief sie in vollem Lauf und bereute es sofort. Es kostete nur Kraft und ihre Worte wurden vom Wind ungehört davongetragen.

Das Laufen wurde zu einem automatischen Prozess, ohne dass sie ihre Beine spürte. Der Mann war wenige Meter vor ihr.

Er schlug zwei Haken und rannte in die Fußgängerzone.

Plötzlich strauchelte er, stolperte und fiel zu Boden.

Sekunden später beugte sie sich über ihn.

»Was soll das?«, schrie sie, drückte ihr Knie in seinen Rücken und drehte ihn herum.

Blut tropfte aus seiner Nase und die Regentropfen vermischten sich mit seinem Schweiß.

»Du?«

Kapitel 19

Heike, Klemme und zwei Kollegen von der Wache stürmten in der Fußgängerzone auf Bente zu.

Verwundert bremsten sie ab, als sie ihre Chefin im Schneidersitz neben einem Mann, der sich ein Taschentuch vor die Nase hielt, sitzen sahen.

Beide keuchten vor Anstrengung.

»Alles gut, Brodersen?«, vergewisserte Heike sich.

Bente nickte und versuchte, zwischen ihrer flachen Atmung einen Satz herauszubekommen.

»Ist was Privates, ich komme gleich. Sorry, dass ich euch aufgescheucht hab!«

Damit schickte sie ihre Kollegen weg. Bente streckte Heike den erhobenen Daumen entgegen, als sie ihr Zögern bemerkte.

Dann ließ sie ihrem Ärger freien Lauf.

»Spinnst du denn total? Mich über Tage zu verfolgen! Was geht in deinem Kopf vor? Das ist ja wohl das Allerletzte!«

Der Mann war noch immer völlig außer Atem und japste nach Luft.

»Mensch, Lutz! Du tauchst hier einfach so nach fünfzehn Jahren auf und stalkst mich! Gehts noch?«

»Ich wusste nicht, ob du mich sehen willst!«, stammelte er.

»Will ich nicht! Wars das? Das hättest du einfacher haben können!«

Sie war wütend. Lutz war Ankas Vater. Vor langer Zeit waren sie eine glückliche Familie gewesen. Er hatte eine glänzende Karriere bei der Polizei vor sich gehabt und dann Mist gebaut.

Bei irgendeinem Drogendeal hatte er sich von der Hafenmafia in Hamburg kaufen lassen und Informationen weitergegeben. Natürlich war das aufgeflogen und er war suspendiert worden. Beamtenstatus aberkannt, drei Jahre Gefängnis und keine Rentenansprüche, hatte das Urteil des Gerichts gelautet.

Lutz hatte nicht nur seine Karriere beendet, sondern auch sie mit in den Abgrund gezogen. Natürlich hatte der Verdacht bestanden, dass sie als seine Partnerin von seinen kriminellen Aktivitäten gewusst haben musste. Sie war über Wochen täglich vernommen worden, bis ihr geglaubt worden war. Sie hatte sich von Lutz getrennt, insbesondere weil er sein Lügengebäude auch vor ihr aufrecht erhalten hatte. Hätte er sich ihr anvertraut, hätten sie eine Lösung gefunden. Vielleicht. Vielleicht auch nicht. Egal, er hatte ihr bedingungsloses Vertrauen mit Füßen getreten und sie hatte ihn nie wieder sehen wollen. Im Job war sie danach lange die Frau des Maulwurfs gewesen und zuhause hatte Anka ihren Vater vermisst. Sie war viel zu jung gewesen, um die Tragweite von Verrat und Habgier zu verstehen, deshalb hatte Bente eine Geschichte erfunden, die ihr kindgerecht schien. Im Nachhinein war ihr das zum Verhängnis geworden. Anka hatte mit einsetzender

Pubertät Bentes versteckten Ordner gesucht und gefunden und daraufhin im Internet recherchiert.

Seitdem war das Verhältnis zwischen ihnen schwierig.

Bente hatte Lutz nie wieder gesehen.

Sie betrachtete ihn von der Seite, während sie sich aufrappelte und ihm auf die Beine half.

Er sah verbraucht, abgerissen und ungepflegt aus, aber sie empfand kein Mitleid. Er hatte seinen Weg selbst gewählt.

»Ehrlich, Lutz, was willst du von mir?«

»Ich will mich entschuldigen!«

Bente starrte ihn fassungslos an und lachte bitter auf.

»Echt jetzt? Das fällt dir nach fünfzehn Jahren ein? Der Zug ist längst abgefahren!«

In ihrer Wut auf ihn fiel ihr nichts anderes ein, außerdem konnte sie darauf pfeifen. Sie hatte es allein geschafft, Anka großzuziehen und als Frau eines verurteilten Straftäters bei der Polizei ihren Mann zu stehen. Und es hatte oft genug Situationen gegeben, wo sie am liebsten alles hingeschmissen hätte.

Verbittert sah sie ihn an.

»Ich pfeife auf deine Entschuldigung! Du bist Vergangenheit. Abgehakt.«

Bente stellte verwundernd fest, dass sie tatsächlich nichts mehr für ihn empfand. Er war der genetische Vater ihres Kindes, aber das war auch schon alles. Selbst ihre Wut über seinen Verrat war verraucht. Er kam schon lange nicht mehr in ihren Träumen vor und das war gut so.

»Geh einfach zurück in die Versenkung! Ich will keinen Kontakt.«, sagte sie mit fester Stimme, drehte sich um und ließ ihn stehen.

»Ich bin krank!«, rief er ihr hinterher.

»Ich werde sterben!«

Bente hielt in der Bewegung inne, wirbelte herum und trat ganz dicht an ihn heran. In ihren Augen lag kein Mitgefühl.

»Du bist so ein Egoist! Meldest dich all die Jahre überhaupt nicht und willst nun dein Gewissen beruhigen? Ich soll dir die Absolution erteilen, damit du friedlich sterben kannst?«

Er sah ihr in die Augen und Bente sah seine Verzweiflung.

»Ja.«, antwortete er leise.

Bente war baff. Mit dieser ehrlichen Antwort hatte sie nicht gerechnet.

»Ich will mich nur entschuldigen, Bente. Ich erwarte nicht, dass du mir verzeihst. Ich möchte dir einfach sagen, wie leid es mir tut und dass ich mich jeden einzelnen Tag dafür geschämt habe.«

Ohne den Blick von ihm abzuwenden, sagte sie:

»O.K.!«

Mehr kam nicht aus ihr heraus.

»Alles Gute für dich, Bente. Und für Anka. Ich weiß, dass du eine tolle Frau aus ihr gemacht hast! Du warst immer eine gute Mutter. Ich habs gründlich vergeigt!«

Er reichte ihr einen Zettel und ging die Friedrichstraße hinauf bis zum Strand, ohne sich noch einmal umzusehen.

Bente sah ihm nach, bis er die Stufen hinabgestiegen war. Plötzlich schossen ihr die Tränen in die Augen. Alles, was dieser Mann ihr und Anka angetan hatte, kam wieder hoch. Erinnerungen und Bilder drängten an die Oberfläche und ließen sie zittern.

Als sie den Zettel auseinanderfaltete, stöhnte sie auf. Er hatte ihr seine Telefonnummer aufgeschrieben! Seine Handschrift war ihr immer noch vertraut. Glaubte er etwa, sie würde ihn anrufen? Sie taumelte zu einer Bank und setzte sich. Ihre Beine versagten ihren Dienst.

Sollte sie ihm hinterherlaufen? Hatte er nicht das Recht, von Ankas Werdegang zu erfahren? Würde Anka es ihr verzeihen, wenn sie nicht hinterherliefe?

Bente schluchzte hemmungslos. Sie fühlte sich völlig überfordert.

Sie schluckte die Tränen hinunter und dachte an die unbeschwerten, gemeinsamen Jahre zurück. So wollte sie ihn in Erinnerung behalten.

Bente hob ihre Hand und winkte Richtung Nordsee.

»Leb wohl, Lutz!«, sagte sie leise.

Als Bente den Besprechungsraum betrat, hatte sie auf dem Umweg über die Damentoilette bereits festgestellt, dass ihre Augen rettungslos verquollen waren. Seit langem hatte sie nicht so viele Tränen vergossen.

Sie setzte sich auf ihren Platz und Ulrike kam sofort an ihre Seite.

Bente registrierte die vorgetäuschte Betriebsamkeit ihrer Kollegen und schaute auf die Akte vor sich auf dem Tisch. Ohne einen Satz sinnerfassend zu lesen, starrte sie auf die Zeilen und dachte zurück an die letzte halbe Stunde.

Timme hatte die alte Akte zu dem Entführungsfall Henning Thomsen aus dem Archiv geholt und ihr auf den Platz gelegt.

Irgendwo in den dunklen Kammern ihres Gehirns keimte ein Gedanke auf und wuchs heran. Sie konnte ihn nicht greifen, aber ihre Synapsen veranstalteten ein wahres Feuerwerk.

Bente wusste, dass irgendetwas direkt vor ihr lag und sie es nicht erkannte. Es war der Wald vor lauter Bäumen.

Ihr Puls beschleunigte sich, sie spürte ihr Herz in der Brust hämmern. Sie war aufgebracht, immer noch. Die Begegnung mit Lutz hatte sie komplett aus der Bahn geworfen.

Plötzlich hob sich der Schleier.

»Heike!«

Die junge Kollegin sprang auf und trat an ihren Stuhl.

»Kann ich irgendwas für dich tun?« fragte sie fürsorglich.

Bente hob langsam ihren Zeigefinger und deutete allen Anwesenden an, still zu sein. Im Besprechungszimmer war es mucksmäuschenstill.

»Zuhören! Einfach nur zuhören! Was wäre, wenn...?«

Kapitel 20

Henning Thomsen fuhr mit seinem Daumen ganz leicht über die Klinge seines Messers und beobachtete fasziniert die zu Boden fallenden Blutstropfen. Er wischte die Klinge an seiner Hose sauber und lächelte zufrieden.

Wie üblich saß er hinten in der Fischhalle auf seinen Kisten. Es war bereits dunkel und er brauchte kein Licht.

Er genoss die Ruhe und den vertrauten Geruch.

Die junge Polizistin hatte ihm das Bild des toten Mannes gezeigt. Irgendwie hatte dieser Mann ihn an jemanden erinnert.

Er schlug mit den Fäusten an seine Schläfen, um zu vertreiben, was er nicht sehen wollte.

Wie immer tauchten schließlich die Bilder auf, die er nicht verdrängen konnte. Die Erinnerungen bahnten sich unaufhaltsam einen Weg in sein Bewusstsein.

Es war dunkel und roch nach feuchtem Sand. Kein Schimmer drang zu ihm durch.

Er konnte mit angewinkelten Armen die Seitenwände der Kiste berühren und aufrecht sitzen. Auch wenn es sich so anfühlte, es war kein Sarg.

Er kannte die Grube in- und auswendig, schließlich hatte er sie selbst ausgehoben und mit Holz verkleidet. Sogar an Trinkwasser und Belüftung hatte er gedacht.

Es war nicht die Einsamkeit, die ihm zu schaffen machte, nicht die Dunkelheit oder der Hunger, der an ihm nagte – es war die Ohnmacht seiner Gefühle, die in dieser Kiste sein Herz zerbrachen.

In diesen zwei Tagen hatte er viel mehr verloren, als nur eines seiner Augenlichter.

Als er gehört hatte, wie seine Retter den Sand vom Deckel kratzten und ihn befreiten, hatte er seine Rolle noch gespielt. Es war dumm gewesen, sich selbst mit einem Stein die eine Gesichtshälfte zu zertrümmern, aber es hatte echt aussehen müssen! Er hatte den Schmerz ertragen, weil er ein Ziel vor Augen hatte. Aber alles, woran er geglaubt und auf das er vertraut hatte, stellte sich als Lüge heraus.

Nie wieder würde er lieben, nie wieder ein Wort sprechen. Sein Herz war gebrochen worden. Irreparabel und für immer.

Henning umklammerte sein Messer und atmete tief ein und aus, um die Flut der Erinnerungen aus seinem Kopf zu vertreiben.

Schließlich erhob er sich und verließ die Fischhalle.

Kapitel 21

Nachdem Bente den Kollegen und Hansen ihre Theorie vorgetragen hatte, herrschte Stille.

Heike ergriff als Erste das Wort.

»Du meinst, Rike Thomsen ist nach 20 Jahren zurückgekehrt, um sich zu entschuldigen?«

Bente nickte und dachte an Lutz, der im Angesicht seines nahen Todes von dem Gedanken beseelt war, um Verzeihung zu bitten und sich zu verabschieden.

»Die Frau hatte Krebs im Endstadium. Sie wollte vielleicht ihr Gewissen erleichtern, bevor sie sterben würde.«

Hansen hörte still zu und betrachtete das Phantombild der Wasserleiche.

»Okay, Brodersen, nehmen wir an, sie ist zurückgekommen«, griff er Bentes Theorie auf.

»Dann hätte sie sich an Henning gewandt, oder?«

Bente nickte.

»Hat er sich eigentlich scheiden lassen?«

Hansen nickte.

»Der Alte hat das geregelt. Wegen Vertrauensbruch war das in Rikes Abwesenheit möglich.«

»Stellt euch vor, ihr wäret von eurem eigenen Ehepartner entführt worden! Verraten und verkauft! Damit kann keiner klarkommen, oder?«, rief Heike und schüttelte sich fassungslos.

»Er hat sich nach diesen Ereignissen nie wieder erholt und führt das Leben eines Außenseiters. Wenn dann nach zwanzig Jahren seine Frau, oder besser gesagt Ex-Frau, plötzlich auftaucht,....?«, murmelte Klemme betroffen.

»..., dann könnte die Situation außer Kontrolle geraten sein!«, ergänzte Timme.

»Meine Theorie hat nur eine Schwachstelle!«, seufzte Bente und Hansen nickte.

»Das Gift!«

Sie warf ihm einen wohlwollenden Blick zu.

Klemme sah sie fragend an.

»Wieso kann er sie nicht vergiftet haben?«

»Weil das nicht zu einem Mord im Affekt passt.«, klärte Heike ihn auf.

»Sie könnte sich angekündigt haben und er hat das Gift besorgt!«

»Henning Thomsen geht nirgendwo hin und redet kein Wort. Ich kann mir nicht vorstellen, dass er sich das Gift besorgt hat.«, warf Bente ein.

»Aber wir sollten abklären, ob Henning Thomsen einen Internetzugang nutzt und auf diesem Weg irgendwo etwas bestellt haben könnte. Timme, das übernimmst du!«

»Okay.«

Er verließ den Besprechungsraum.

»Wir werden jetzt mit Hochdruck versuchen, die Leiche zu identifizieren. Wenn es sich um Rike Thomsen handelt, wird Flackner es herausfinden! Sie muss in den zwei Jahren, die sie hier auf Sylt gelebt hat, bei einem Zahnarzt gewesen sein, da muss es doch alte Patientendateien geben, oder?«

Hansen schüttelte den Kopf.

»Das bewahrt kein Zahnarzt so lange auf, aber wir haben damals DNA-Spuren gesichert. Die müssten noch bei den Fotos in der Akte zu finden sein! Das Archiv ist mit Baubeginn nach Husum ausgelagert worden.«

»Klemme, du kümmerst dich darum. Ich will die DNA und Fotos von Rike Thomsen und zwar gestern! Wenn es hilft, fahr aufs Festland und such selbst. Ich will, dass Flackner das heute noch im Labor hat, verstanden?«

Klemme nickte und verließ ebenfalls das Zimmer.

Bente, Heike und Hansen lehnten sich in ihrem Stuhl zurück. Jetzt kam Bewegung in die Ermittlungen!

»Wurde der Rucksack des Toten aus Hörnum mittlerweile gefunden?«, wandte sich Bente an Heike.

»Noch nicht, leider!«

»Der muss doch irgendwo....!«

Sie wurde vom Klopfen an der Tür unterbrochen.

Bente sah auf und erkannte Erik Willemsen.

Er trug Latexhandschuhe und hielt einen Rucksack hoch.

»Ich glaube, den suchst du?«

»Du kommst damit wie gerufen!«

Sie sprang auf, riss ein paar Handschuhe aus der Schublade und streifte sie über.

Vorsichtig öffnete sie den Reißverschluss der Seitentasche.

»Wo habt ihr den gefunden?«

»In den Dünen, ungefähr 500 Meter vom Fundort der Leiche entfernt. Ich geh dann wieder.«

Er stand schon wieder in der Tür, als Bente ihn stoppte.

»Moment, Erik! Danke, du hast jetzt zwei Pizzen bei mir gut!«

»Dann geb ich eine an dich ab und wir essen zu zweit!«, antwortete er und schloss die Tür.

Bente lächelte und riss sich zusammen, als sie Heikes und Hansens Blick registrierte.

»Hab ich irgendwas verpasst?«, grinste Hansen und Heike wiederholte ihre Bemerkung aus dem Krankenhaus von heute Vormittag:

»Sag ich doch! Polizeiparship!«

»Können wir uns hier auf die Arbeit konzentrieren? Es geht niemanden etwas an, mit wem ich Pizza esse oder nicht, verstanden?«

Bentes Ansage kam unerwartet und war unverhältnismäßig. Sie war sich dessen augenblicklich bewusst, aber Lutz Auftauchen hatte alte Wunden aufgerissen.

Eine Beziehung zu einem Kollegen war tabu und Tratsch in der Dienststelle musste im Keim erstickt werden!

Sie zog einen Personalausweis aus dem Rucksack hervor.

»Bingo!«

Auch Heike zog sich jetzt Latexhandschuhe über, schließlich würde der Rucksack noch zur Spurensicherung ins Labor gehen.

»Marco Petersen.«, las Heike den Namen ab. »Er ist gerade erst achtzehn geworden! Ich hätte ihn viel älter geschätzt!«

»Die Straße macht dich nicht jünger und er sah so aus, als als lebte er auf der Straße.«, bemerkte Bente und rief sich die Worte von Flackner in Erinnerung, nachdem er die Wasserleiche obduziert hatte.

»Rike Thomsen hatte mindestens ein Kind! Vom Alter her könnte es hinkommen!«

Sie hielt bereits ihr Handy in der Hand und drückte auf Flackners Nummer.

»Ich brauche sofort einen Mutterschaftstest!«

»Brodersen, die Mutter steht immer fest!«, lachte Flackner.

»Ich hab keine Zeit für Flachwitze, Flackner. Wie schnell kannst du herausfinden, ob unsere beiden Opfer verwandt sind?«

Flackner dämmerte sofort, woher der Wind wehte.

»Das dürfte schnell gehen! Beim DNA-Test wird nicht das gesamte Erbgut, sondern nur die Basenabfolge von rund 15 bis 20 Abschnitten verglichen. Das heißt...«

»Verschone mich! Ich brauche ein Ergebnis! Sofort!«

»Gib mir acht Stunden! Ich setz mich sofort ran! Brodersen?«, hakte er noch nach, bevor sie das Telefonat beenden konnte.

»Bitte!«, antwortete sie flapsig und legte auf.

»Heike, fahr nach Hörnum und überprüfe Henning Thomsens Alibi für heute Vormittag. Ich will wissen, ob er die Fischhalle auch nur für eine Minute verlassen hat!«

»Vielleicht hat Marco Petersen ihn in der Halle aufgesucht? Ich suche auf jeden Fall noch ein paar Mitarbeiter auf, die heute Morgen Dienst hatten, okay?«

Bente nickte und Heike war schon zur Tür raus.

Ulrike erhob sich von ihrer Decke und stellte sich schwanzwedelnd vor ihr Frauchen.

»Na, dann verschwinde ich auch mal, Brodersen. Oder kann ich noch was tun?«, sagte Hansen und Bente hörte den flehenden Unterton in seiner Stimme.

Bente hoffte in diesem Moment, dass ihre Rente anders verlaufen würde und sie sich nicht nach Mord und Totschlag sehnen würde.

»Gut, dass du fragst, Hansen! Ich bräuchte deinen Kontakt zu Doktor Jörgens! Henning Thomsen ist sein Patient und vielleicht kann er dir irgendwas erzählen.«

»Mensch, Brodersen, das fällt unter die ärztliche Schweigepflicht! Aber ich will mal sehen, was ich machen kann! Muss ja keinen Namen nennen.«

Er grinste von einem Ohr zum anderen und Bente sah ihm an, dass er innerlich vor Aufregung bebte, weil er wieder bei einer Ermittlung mitwirken durfte.

»Dass die ganze Sache nach fast zwanzig Jahren noch zwei Morde nach sich zieht, ist unfassbar.«, grummelte er in seinen Bart und hielt Bente und Ulrike die Tür auf. Ein letzter Hundekeks verschwand im Maul der Labradorhündin.

Kapitel 22

Direkt vor Thomsens Fischhalle am Hörnumer Hafen lagen zwei Kutter, deren Netze auf dem Pier zum Trocknen ausgebreitet lagen. Zwei Fischer rollten sie fachmännisch auf. Sie würden mit ablaufendem Wasser auslaufen, um die fischreichen Gewässer in der Dämmerung zu erreichen.

Heike erreichte die Fischhalle, doch sie war dunkel und verschlossen.

Auch an den beiden Haustüren des Wohnhauses der Thomsens hatte niemand geöffnet.

»Wenn du Fisch kaufen willst, mien Deern, musst du rüber zum Imbiss gehen!«, rief ihr einer der Fischer zu.

Heike ging zu ihnen.

»Danke, aber ich bin von der Polizei«.

»Und? Esst ihr von der Polizei keinen Fisch?«

»Doch, doch!«, lachte sie.

»Haben Sie vielleicht Henning Thomsen gesehen?«

»Henning? Dem geh mal lieber aus dem Weg!«

»Wieso?«

»Na, bei dem schwimmen die Fische im Oberstübchen vrekehrt herum.«

Die beiden Fischer lachten.

»Der kann einem nur leid tun! Aber wenn der seinen Tanz aufführt, isses schon gruselig!«, mischte sich der andere Fischer ein und zog das Netz auf die Rolle.

»Wie meinen Sie das?«, hakte Heike nach.

»Ach nee, ich will keinen Ärger mit dem Alten bekommen, lass ma gut sein.«

»Möchten Sie lieber mit aufs Revier kommen? Da müssen Sie dann reden!«

»Nu ma sinnig, Frollein! Ich muss gleich auslaufen, da hab ich keine Zeit für einen Besuch bei euch!«

Heikes Puls stieg. *Mien Deern* und *Frollein* waren zwar noch keine Beamtenbeleidigung, aber allemal respektlos. In Situationen wie diesen wünschte sie sich ihre Uniform zurück.

»Okay, dann höre ich!«, sagte sie mit fester Stimme und sah dem Fischer ernst in die Augen.

»Fiete, spucks aus, der Alte kann uns nix!«, drängte der Ältere und schlug seinem Kollegen mit der flachen Hand an den Hinterkopf.

»Also gut. Der tanzt manchmal so komisch, das sieht aus wie Trockenübungen, irgendwie so…«

Fiete tat so, als zöge er sein Messer aus dem Gürtel, schlich dann auf Zehenspitzen ein paar Schritte vorwärts, packte mit der linken Hand auf Schulterhöhe in die Luft und schnitt mit dem imaginären Messer in der rechten Hand einer unsichtbaren Person die Kehle durch.

Heike überlief ein eiskalter Schauer.

»Genauso macht er immer!«, nickte der andere Fischer.

»Haben Sie eine Ahnung, wo er sein könnte?«

»Nee! Vielleicht ist er rausgefahren.«

»Er fährt raus? Mit einem Boot?«

»Nee, mien Deern, mitm Fahrrad.«

Die Männer feixten und Heike fiel in ihr Lachen ein. Dann wurde sie wieder ernst.

»Henning Thomsen hat ein Boot?«

»Henning hat ne Nussschale mit Außenborder. Fährt oft raus, fängt aber nie was.«

Die Fischer hatten die Netze fertig aufgerollt und hievten sie mit vereinten Kräften an Bord der Kutter.

»Wo liegt Hennings Boot denn?«

Der Ältere zeigte zur anderen Seite des Hafenbeckens.

»LAm letzten Steg. Heißt *Rike*.«

Heike verabschiedete sich eilig und rief auf dem Weg zur *Rike* bei Bente an.

»Ich hab Henning Thomsen nicht angetroffen, aber er hat ein Boot und fährt damit regelmäßig nachts raus. Es heißt *Rike*!«, keuchte sie ins Telefon.

»Das heißt, er hätte die Möglichkeit, eine Leiche raus aufs Meer zu bringen!«, rief Bente aufgeregt.

»Ich sehe nach, ob es auf dem Liegeplatz ist. Melde mich wieder!«

»Nein!«, rief Bente und Heike bremste ihren Lauf ab.

»Häh? Wieso nein?«, fragte sie irritiert.

»Weil er dich heut Mittag so komisch angestarrt hat! Ich bleibe in der Leitung und wenn du ihn an Bord oder sonst irgendwo siehst, drehst du um und kommst zurück. Kannst du das Boot schon sehen?«

Heike hatte den Steg betreten und sah sich konzentriert um. Sie war allein, aber der Segelboothafen war gut ausgeleuchtet. Im vorderen Abschnitt lagen die kleinen Boote.

»Ich habs!«, flüsterte sie in ihr Handy. Die *Rike* war ein gepflegtes, kleines Holzboot mit einer offenen Kajüte und schaukelte ruhig auf ihrem Liegeplatz.

»Gut gemacht! Du gehst zurück zum Wagen und wartest dort. Ich sag Flackner Bescheid. Danach ruf ich dich wieder an und wir telefonieren, bis die SpuSi eintrifft! Bis gleich!«

Heike grinste ins Telefon. Sie mochte ihre neue Chefin und wusste, dass ein *gut gemacht* ein fettes Lob bedeutete.

Sie schaltete das Handy auf lautlos und behielt es in der Hand. Als sie am Ende des Stegs angekommen war, leuchtete das Display auf.

»Das ging ja schnell!«

»Ja, Flackner und sein Team sind auf dem Weg. Wenn eine Leiche mit dem Boot transportiert wurde, wird er es nachweisen!«

»Ja! Ich hab von den Fischern hier noch was erfahren. Henning Thomsen soll manchmal einen seltsamen Tanz aufführen.«

»Was ist denn ein seltsamer Tanz, Yoga oder sowas?«

»Wenn du beim Yoga übst, jemandem hinterrücks die Kehle durchzuschneiden, dann ist es Yoga, Mörderyoga sozusagen.«

»Das passt irgendwie nicht zusammen! Keinem der Opfer wurde die Kehle durchgeschnitten«, seufzte Bente.

»Hab ich auch schon gedacht. Henning Thomsen ist irgendwie kein Giftmörder, oder?«

Heike war an ihrem Wagen angekommen, setzte sich hinein und verriegelte die Türen. Sie hatte, außer den beiden Fischern, keine Menschenseele getroffen.

»Ich glaube, da kommt die SpuSi schon!«, berichtete sie Bente, als die Scheinwerfer eines Autos sie blendeten.

Die Beifahrertür wurde aufgerissen und ein Mann trat an ihr Fenster.

»Es ist Flackner, ich leg jetzt auf.«

»Warte! Gib ihn mir mal!«

Heike reichte ihr Handy an Flackner.

»Mensch, Brodersen, wenn du mich nicht in Ruhe arbeiten lässt, kann ich auch keine Ergebnisse liefern!«

»Ja, ja. Eine kurze Frage: Die fehlenden Hände der Wasserleiche, wie sind die abgetrennt worden, mit einer Axt, einem Beil, einem Fleischermesser oder eine Säge?«

»Das steht alles in meinem Bericht!«

»Ja, Flackner, aber ich bin im Auto! Also?«

»Die Knochen wurden nicht mit einem Beil durchtrennt, es gibt eindeutige Rissfasern in den Knochenenden.«

»Kann es ein Messer gewesen sein?«

»Wenn, dann ein extrem scharfes!«

»Ein Fischermesser?«

»Könnte sein.«

»Okay, tschüss!«

Bente legte auf, wählte die Nummer der Wache und verlangte nach Erik Willemsen.

»Erik, ich benötige deine Hilfe.«

»So viel Pizza kann ich gar nicht essen, was gibts?«

»Henning Thomsen muss zur Fahndung ausgeschrieben und sofort aktiv gesucht werden!«

»Weswegen wird er gesucht?«

»Mordverdacht, ihr müsst ihm mit äußerster Vorsicht begegnen.«

»Wird gemacht!«

»Danke!«

Erik würde umgehend seine Kollegen aktivieren und Henning Thomsen finden, davon war Bente überzeugt.

Die Praxis von Jörgensen war in seinem Wohnhaus untergebracht. Alle Mitglieder der Thomsenfamilie gehörten zu seinen Patienten.

Er hatte in dem Gespräch mit seinem Schulfreund Tammo Hansen eingewilligt, Fragen der Kommissarin zu beantworten, solange es nicht gegen seine ärztliche Schweigepflicht verstieß.

Das große, reetgedeckte Haus in Keitum war typisch für das Künstlerdorf. Ein Friesenwall säumte das Grundstück ein und alles war sehr gepflegt. Sie betätigte den Türklopfer an der auffallend schönen Friesentür. Bestimmt war diese bunte Haustür eines der Motive auf den Keitumer Postkarten.

Einen Augenblick später hörte sie einen Riegel, der zurückgeschoben wurde und Jörgens Gesicht erschien im Türrahmen.

»Frau Kommissarin...«

Bentes Handy klingelte.

Sie hob ihren Finger und murmelte ihm eine Entschuldigung zu.

»Ja?«

»Erik hier, gerade kam ein Anruf rein. In Hörnum auf der Bank, wo das Opfer von heute Morgen gefunden wurde, soll ein Mann mit blutigen Händen sitzen. Die Beschreibung passt auf Henning Thomsen. Eine Streife ist auf dem Weg.«

»Heike und die SpuSi sind in Hörnum am Hafen. Ich gebe ihr Bescheid, aber sie soll auf deine Kollegen warten!«

Damit beendete sie das Telefonat und drehte sich zu Jörgens um, der geduldig in der Tür wartete.

»Wie es aussieht, Herr Doktor, sitzt Henning Thomsen mit blutbefleckten Händen auf genau der Bank, wo wir heute Vormittag einen Toten fanden. Vergiftet, so wie unsere Wasserleiche. Ich weiß nicht, inwieweit Sie von Hansen ins Bild gesetzt wurden, aber mehrere Indizien weisen auf Henning Thomsen als Täter hin.«

»Warten Sie, ich hole mir nur meine Jacke!«

»Es nicht nötig, dass Sie mitkommen, Dr. Jörgens.«, bremste Bente ihn.

»Sie bringen ihn zur Vernehmung, richtig?«

Sie nickte.

»Dann sollte ich als sein Arzt dabei sein, denn er spricht nur mit mir und seiner Mutter.«

Er griff nach seiner Tasche und folgte ihr.

»Er spricht? Ich dachte, er sagt kein Wort?«

»Wie gesagt, mit mir und seiner Mutter!«, wiederholte Jörgens.

»Warum haben Sie das noch nie gesagt?«

»Erstens hat mich noch nie jemand danach gefragt und zweitens unterliegt das, was er mir sagt, der ärztlichen Schweigepflicht.«

»Was wissen Sie über ihn?«, fragte Bente, als Jörgens auf dem Beifahrersitz ihres Bullis Platz genommen hatte und Ulrikes Kopf streichelte.

Er sah sie lediglich mit geschürzten Lippen an.

»Ich darf Ihnen nichts sagen, damit mache ich mich mich strafbar!«

»Kommen Sie schon, Dr. Jörgens, es geht hier um Mord!«

»Wenn ich diesbezüglich etwas wüsste, würde ich es Ihnen mitteilen, davon können sie ausgehen!«

Bente fluchte leise hinterm Steuer.

»Sie sind so hartnäckig wie ihr Vorgänger. Sie erinnern mich sehr an meinen Freund Tammo Hansen.«

Bente empfand das nicht als Kompliment und ihr war nicht nach Smalltalk zumute.

»Wenn Sie etwas wissen, dann bitte ich Sie jetzt inständig, denken Sie einfach laut und vergessen Sie, dass ich neben Ihnen sitze!«

»Ist das legal?«

»Nein, aber ich will verhindern, dass noch mehr Menschen zu Schaden kommen.«

»Ihre Befragung wird nichts bringen. Er wird nicht mit Ihnen reden, kein Wort!«

»Dann nehmen wir Sie und seine Mutter als Vermittler dazu!«

»Sie müssen sich das nicht so vorstellen, dass er mit mir spricht, wenn ich es will. Er entscheidet, wann und ob er mir etwas sagt und manchmal warte ich Stunden und dann sind es oft ganz banale Dinge.«

»Was für Dinge?«

»Was er fühlt, wenn er sein Messer schleift oder was er denkt, wenn er mit Boot hinaus auf die Nordsee fährt.«

»Genau darüber möchte ich etwas wissen, Doktor!«

Jörgens schwieg und starrte vor sich hin.

»Ich möchte, dass Sie da vorn rechts ranfahren!«

»Bitte?«

»Halten Sie an, bitte!«

Widerwillig hielt Bente in der Einfahrt zu einer Graskoppel.

»Tammo sagt, Sie sind in Ordnung!«

Ohne zu ahnen, worauf er hinauswollte, zuckte sie mit den Schultern.

»Wenn Hansen das sagt.«

Er nickte.

»Ich gehe jetzt kurz mal meine Blase entleeren und das dauert in meinem Alter etwas länger!«

Das wollte Bente gar nicht hören.

»Ich muss als Arzt davon ausgehen, dass Sie eine vertrauenswürdige Polizistin sind und nicht auf die Idee kommen, in meiner Tasche nach der Patientenakte von Henning Thomsen zu suchen. Richtig?«

»Korrekt!«, antwortete sie, nicht sicher, auf was er hinauswollte.

»Gut! Dann bin ich jetzt draußen!«, sagte er und blieb einfach sitzen.

»Sie wollen, dass ich jetzt in Ihrer Tasche nachsehe?«

»Jetzt werden Sie nicht albern, ich habe doch keine Patientenakte da drin. Aber Sie würden in meiner Abwesenheit lesen, dass die Entführung vor beinahe zwanzig Jahren fingiert und von Henning und Rike geplant war.«

Bente traute ihren Ohren nicht. Die Überraschung war perfekt.

»Und warum hat sie ihn hintergangen?«

»In der Patientenakte ist nachzulesen, dass Henning kalte Füße bekommen hatte und die ganze Sache abblasen wollte. Aber Rike hatte ihn überredet und er hatte sich selbst mit einem Stein gegen die Schläfe geschlagen und sich in die Kiste unter dem Wohnwagen gelegt.

Bis dahin war alles nach Plan verlaufen, außer dass Henning sich so unglücklich verletzt hatte, dass sein Auge nicht mehr zu retten gewesen war. Aber als er nach der Geldübergabe von der Polizei aus dem Versteck befreit worden war, hatte Rike nicht auf ihn gewartet, sondern war verschwunden gewesen. Mit dem Geld.«

»Das hat er Ihnen erzählt und Sie haben das die ganze Zeit für sich behalten?«

»Bei so etwas greift meine Schweigepflicht als Arzt.«

Er hob entschuldigend die Schultern.

»Wem hätte die Wahrheit genützt?«, fügte er seufzend hinzu.

»Henning hat in dieser Grube etwas von seinem Verstand zurückgelassen. Er war schon als Kind introvertiert, teilweise depressiv. Dieses Ereignis hat ihn zu dem gemacht, was er heute ist.«

»Was ist er?«

»Er ist psychisch krank, aber seine Mutter will es nicht wahrhaben und verweigert jegliche Therapie. Was glauben Sie, wen ich schon alles empfohlen habe!«

Bente schwieg. Diese Informationen warfen ein neues Licht auf den Fall. Sie bedeuteten, dass Henning Thomsen auf jeden Fall ein Motiv für einen Mord an seiner Ex-Frau hatte.

Jörgens klatschte in die Hände, öffnete die Beifahrertür und schlug sie sofort wieder zu.

»So, ich bin zurück, ich hoffe, Sie waren nicht an meiner Tasche?«

Er grinste verschlagen.

Sie sah ihn an. Er war ein komischer Kauz, aber jetzt verstand sie, weshalb er und Hansen befreundet waren.

»War Rike Thomsen schwanger?«

»So vermuteten alle, aber Henning schweigt dazu bis heute.«

Bente parkte vor der Wache und ging mit Jörgens in den vorderen Container.

Einzig Hansen saß an einem der Schreibtische.

Klemme hatte die DNA-Probe von Rike Thomsen aus Husum bereits im Labor abgegeben und war anschließend nachhause gegangen. »Hansen, was machst du hier, besserst du deine karge Beamtenrente als Nachtwächter auf?«, frotzelte Jörgens.

»Hab schon gehört, dass ihr Henning Thomsen gefunden habt. Ich hoffe, es gibt keinen weiteren Toten!«

Bente sah ihm an, dass dieser alte, ungelöste Fall an seinen Nerven zehrte.

»Ich habe seinen Vater erreicht.«

Hansen schüttelte den Kopf.

»Der Junge hatte, glaube ich, nie wirklich eine Chance. Der Alte hat doch glatt gesagt, er müsse erst die Einnahmen von den Imbissen abholen, bevor er kommen könne.«

»Vergesst den alten Thomsen. Wenn sein Vater anwesend ist, macht Henning sofort zu! Hast du seine Mutter erreicht?«, fragte Jörgens.

»Geht nicht ran!«

Bentes Handy klingelte. Heike. Es ging zu wie im Taubenschlag.

»Wir sind auf dem Weg. Henning Thomsen hat sich zwar nicht gewehrt, aber auch keine Anstalten gemacht, mitzukommen. Er hatte die ganze Zeit das Messer in seiner Hand. Wir hatten Angst, dass er sich was antut. Hat eine Ewigkeit gedauert, aber dann hat er es fallen lassen. Er ist jetzt unter Polizeischutz im Notarztwagen.«

Heikes Stimme war angespannt.

»Wir folgen ihm direkt ins Krankenhaus.«

»Wir kommen dahin!«

Eine Stunde später war klar, dass Henning Thomsen sich mit seinem Messer Schnittwunden an den Händen zugefügt hatte.

Bente sprach mit der Ärztin, die die Wunden versorgt hatte.

»Wollte er Selbstmord begehen?«

Die Ärztin schüttelte den Kopf.

»Nein, das sind keine Wunden, die auf einen Suizidversuch schließen lassen. Er ist aufgeregt und wie in Trance. Ich denke nicht, dass er die Schmerzen gespürt hat.«

»Wann können wir zu ihm?«

»Er hat Beruhigungsmittel bekommen. Dr. Jörgens ist noch bei ihm. Danach vielleicht. Jetzt muss ich zu einem anderen Patienten. Ich hole sie dann.«

Die Ärztin ging den Flur hinunter und Heike bog mit drei Pappbechern Kaffee um die Ecke. Sie reichte Bente und Hansen jeweils einen.

»Ich frage mich die ganze Zeit, was er da auf der Bank zu suchen hatte. Warum ausgerechnet dort?«, wandte sie sich an Bente, die die Frage mit einer Handbewegung an Hansen weitergab.

»Der Mörder kommt immer an den Tatort zurück?«

»So in der Art!«, nickte Heike.

»Es heißt auch, der Mörder ist immer der Gärtner und ich habe in meinen vierzig Jahren Dienstzeit noch nie einen Gärtner verhaftet!«, bemerkte er lapidar.

»Die Entführung war von Henning und Rike geplant gewesen!«, platzte Bente heraus.

»Was?«

Es war das erste Mal, dass der alte Hansen laut wurde.

»Woher weißt du das? Von Jörgens? Das fass ich jetzt nicht!«

»Die Entführung war von Henning und Rike gemeinsam eingefädelt worden. Er hat kurz vorher Zweifel geäußert, sich aber überreden lassen und sie hat es dann allein durchgezogen!«

»Das hat dir Jörgens erzählt?«

Hansen wirkte müde und in seiner Stimme war kaum noch Elan.

»Ich habe in Jörgens Patientenakten geschnüffelt!«

Bente zuckte mit den Achseln. Sie würde Jörgens nicht verraten.

»Bist du noch bei Trost, Brodersen?«, polterte Hansen erneut los.

»Sie lagen verstreut im Auto, als seine Tasche heruntergefallen war«, log sie, um ihre Quelle zu schützen und sich selbst nicht zu sehr zu belasten.

Hansen grunzte verärgert, konnte seine Neugier aber nicht verbergen. Bente erzählte, was sie herausgefunden hatte.

Die Tür zum Krankenzimmer öffnete sich und Jörgens trat leise heraus.

»Er hat ein starkes Beruhigungsmittel bekommen. Sie müssen sich bis morgen gedulden«, wandte er sich an Bente.

Hansen starrte ihn wütend an, wurde aber von Martha Thomsens Ankunft auf der Station daran gehindert, seinem Freund die Leviten zu lesen.

»Wo ist er, was ist passiert? Ich will sofort zu meinem Sohn!«, rief sie aufgebracht.

Der Polizist, der den Eingang zur Station überwachte, brachte sie zu ihnen.

»Es geht ihm gut, er hat nur leichte Schnittwunden«, beruhigte Jörgens die besorgte Mutter.

»Was hat das zu bedeuten? Warum die Polizei? Man hat mir gesagt, er sei verhaftet worden?«

Bente kam in diesem Moment ein Gedanke.

Als Heike den Sachverhalt erklären wollte, stieß sie sie unauffällig in die Seite und brachte sie zum Schweigen.

Bente sah Martha Thomsen verständnisvoll an.

»Ich verstehe, dass Sie sich Sorgen machen, aber wir haben Ihren Sohn nicht verhaftet, sondern nur ins Krankenhaus gebracht. Er saß mit blutenden Armen auf der Bank in Hörnum, wo wir heute Morgen die Leiche des jungen Mannes gefunden haben. Deshalb sind wir hier.«

»Ich sagte Ihnen doch, dass er krank ist!«

Bente nickte. Aber der Gedanke, dass Martha Thomsen als Mutter ebenfalls die Wahrheit über die damalige Entführung kennen musste, ließ sie nicht los.

Was hatte Jörgensen gesagt?

Er spricht nur mit mir und seiner Mutter.

In diesem Fall könnte auch Hennings Vater, der alte Thomsen, die Wahrheit kennen.

Ihre Gedanken wurden von dem Klingeln ihres Handys unterbrochen.

»Hallo, Erik, hast du denn nie Feierabend?«

»Feierabend wird überbewertet! Hier ist jemand auf der Wache, der dich sehen möchte.«

Oh nein, Lutz war noch einmal zurückgekehrt! Warum musste diese Geschichte sie bis hierher nach Sylt verfolgen? Es würde wieder Fragen geben und sie hatte das alles schon mehrfach durchgemacht. Kraftlos und resigniert erhob sie sich und ging den Flur hinunter.

»Erik, ich bin noch im Krankenhaus und spreche gerade mit Martha Thomsen. Ich kann jetzt nicht kommen! Kannst du ihn kurz ans Telefon holen?«

»Ihn? Es ist eindeutig eine Frau, Schaunen. Sie sagt, sie will nur mit dir sprechen«, antwortete Erik irritiert.

»Ich bin schon unterwegs!«

Bente atmete erleichtert aus und winkte Heike zu sich, um ungestört mit ihr reden zu können.

»Peggy aus dem Nachtclub ist auf der Wache. Ich fahre sofort hin. Sorge du dafür, dass Hansen der Mutter nichts erzählt. Henning Thomsen bleibt, wo er ist.«

»Okay, soll ich später nachkommen?«

»Nein, es war für alle ein langer Tag. Wir sehen uns morgen!«

Kapitel 23

»Wer hat Ihnen das angetan?« Bente versorgte notdürftig Peggys blutverkrustete Lippe. »Sie müssen in ein Krankenhaus. Jemand sollte sich ansehen, ob die Lippe genäht werden muss!« Peggy schüttelte den Kopf. »Ich brauche keinen Arzt!« »War das Gerry Rebers?« Sie schwieg. »Erstatten Sie Anzeige, Peggy, dann kann ich ihn festnehmen lassen und Untersuchungen einleiten.« Peggys Versuch, zu lächeln, trieb ihr vor Schmerzen die Tränen in die Augen. »Haben Sie Ivonka Poroschenko aus dem Krankenhaus geholt?«

Peggy nickte stumm.

»Wo ist sie jetzt?«

»Zurück in Polen. Mit einer Tasche voll Geld.«

Das bestätigte Bentes Vermutung.

»Thomsen hat Gerry einen Besuch abgestattet. Es gab Streit, weil Thomsen noch mal zu Ivonka wollte und sie nicht mehr da war. Beide haben sich furchtbar aufgeregt und herumgeschrien. Irgendwann beruhigten sie sich und Gerry hat ihm ein Mädchen angeboten. Auf Kosten des Hauses, hat er gesagt!«

Bente schluckte. Es war nicht fair, dass diese Bestien sozusagen vor den Augen der Polizei ihr Unwesen treiben konnten. Das System war falsch! Es schloss jegliche Prävention aus. Ohne Anzeige eines der Opfer waren ihr die Hände gebunden.

»Das waren Sie«, seufzte sie leise.

Peggy nickte.

»Ich passe nicht in sein Beuteschema, aber ich war so wütend. Ich dachte an all die Frauen, die Gerry für ihn besorgt hatte. Er sei ein Schlappschwanz und würde ja nur die kleinen, wehrlosen Blondchen misshandeln, weil er bei einer selbstbewussten Frau keinen hochkriegen würde, habe ich zu ihm gesagt! Das ist in Ordnung. Ich hätte viel früher zur Polizei gehen müssen.«

»Also hat Thomsen Ihnen das angetan?«

»Ja, es dauerte, bis Gerry eingriff. Er hat Thomsen dabei gefilmt, wie er mich verprügelt hat.«

Peggy sprach, als ob sie ihre gerechte Strafe erhalten hätte.

»Und dann?«

»Nichts. Gerry hat ihm eine beträchtliche Summe seiner Einnahmen abgenommen. Sozusagen als Versicherungssumme dafür, dass er ihn nicht anzeigen würde.«

»Aber Sie sind dennoch hier. Danke! Das muss ein Ende haben, so etwas darf nicht noch einmal vorkommen!«

»Wissen Sie, Gerry ist kein schlechter Kerl, es gibt weitaus schlimmere in unserem Milieu. Er sorgt für seine Stammmädels. Ich weiß nicht, wieviel Schweigegeld er Thomsen abgeknöpft hat, aber er hat mir eine beträchtliche Summe davon gegeben. Ich verlasse die Insel morgen mit dem ersten Zug. Es gibt noch andere Clubs!«

»Also wollen Sie keine Anzeige erstatten?«, rief Bente hilflos.

»Keine Anzeige!«

»Warum sind Sie dann hier?«

»Ich kann Ihnen erzählen, was ich weiß, bevor ich Sylt den Rücken kehre.«

»Das reicht mir nicht! Ich kann Ihnen helfen, ein neues Leben zu beginnen. Ich besorge Ihnen einen Platz in einer Maßnahme, Sie könnten raus dem Milieu!«, versicherte Bente und wusste, als sie Peggys Gesicht sah, dass sie auf dem Holzweg war.

»Alles, nur das nicht! Ich liebe meinen Beruf und möchte nichts anderes machen. Es gibt viel mehr gute als schlechte Tage, da möchte ich nicht mit Ihnen tauschen! Sie haben immer nur mit schlechten Menschen zu tun!«

So hatte Bente das noch nie betrachtet, aber die Logik ließ sich nicht leugnen. Diese Frau verdiente ihren Respekt. Sie lächelte Peggy an.

»Dann bin ich gespannt, was Sie zu erzählen haben!«

»Gerry hat mir einmal erzählt, dass er für Thomsen extra Mädchen aussucht, die Ähnlichkeit mit seiner Schwiegertochter haben. Da war irgendwas mit Entführung und viel Geld, aber das muss lange her sein. Jedenfalls lässt er den Hass auf seine Schwiegertochter an diesen Mädchen aus. Aber die drei Frauen aus Rumänien waren für seinen Sohn. Sie haben sich von ihm schwängern lassen. Thomsen will unbedingt einen Enkelsohn, einen Erben! Er hat drei Frauen gefordert, um die Chance zu erhöhen. Wenn eine von denen mit einem Jungen schwanger wird, holt er sie her und lässt einen DNA-Test machen, um sicherzustellen, dass es sich um sein Fleisch und Blut handelt. Werden alle drei schwanger, dürfen sie die Jungs austragen, Mädchen werden abgetrieben. So ist der Deal.«

Bente unterdrückte einen aufkommenden Brechreiz und atmete flach. Dieses frauenverachtende, kranke Schwein!

»Und das machen die Frauen mit?«

»Mit Geld lässt sich alles kaufen, auch ein Enkelsohn. Aber Streit hat es heute gegeben, weil seine Frau wohl bei Gerry war.«

»Martha Thomsen war im Nachtclub bei Gerry Rebers?«

Peggy nickte.

»Was wollte sie?«

»Gerry dazu bringen, die Schwangerschaften der rumänischen Frauen abzubrechen. Sie bot ihm viel Geld dafür, aber offensichtlich nicht genug.«

Die Puzzleteile in Bentes Kopf fügten sich ineinander. Langsam ergab sich ein Bild. Wenn Martha Thomsen von dieser frauenverachtenden Aktion ihres Mannes mit seinem gekauften Enkelsohn wusste, konnte sie das nur von ihrem Sohn erfahren haben.

Sollte Flackner feststellen, dass es sich bei der Wasserleiche um Rike Thomsen handelte, dann hatte sie plötzlich drei Verdächtige mit einem Motiv.

Kapitel 24

Henning und Martha Thomsen kamen in Begleitung des Anwalts, Herrn Schröder, den Bente schon kannte. Sie hatte Jörgens gebeten, bei der Vernehmung ebenfalls anwesend zu sein. Heike führte die Gruppe in das Besprechungszimmer.

Hennings Hände steckten in Mullverbänden.

Nach dem Gespräch mit Peggy hatte Bente im Krankenhaus angerufen und eine DNA-Probe veranlasst. Flackner würde abklären, ob es sich bei dem Toten aus Hörnum um Rike und Henning Thomsens Sohn handelte.

Hansen trat ins Büro und sie drückte ihm wortlos Ulrikes Leine in die Hand. Sie musste ihn außen vor lassen, schließlich war er kein Kollege mehr. Mürrisch zog er mit dem Hund von dannen.

Als Bente das Zimmer betrat, saß Henning Thomsen zusammengekauert auf seinem Stuhl und starrte vor sich hin.

Seine Mimik verriet, dass er sehr wohl alles verstand, was besprochen wurde, er sein sich selbst auferlegtes Schweigegelübde aber nicht brechen wollte.

Martha Thomsen überließ das Reden ihrem Anwalt. Er erhob zahlreiche Einsprüche, pochte auf ein ärztliches Gutachten und verlangte, dass die Vernehmung nicht stattfände.

Bente hatte Heike beauftragt, die Vernehmung zu leiten. Sie selbst würde sich auf die Reaktionen von Mutter und Sohn konzentrieren und zu gegebener Zeit einschreiten.

Wohlwollend verfolgte sie Heikes souveränes Auftreten dem Anwalt gegenüber.

Bisher lagen die Ergebnisse der DNA-Tests nicht vor. Flackner und sein Team hatten alle Hände voll zu tun, da konnte sie schlecht Druck machen.

Sie mussten warten, bis sie Gewissheit hatten, dass es sich bei der Wasserleiche um Rike Thomsen handelte und Marco Petersen ihr Sohn war.

Da Henning Thomsen nicht sprechen würde, ließ Bente eine Videokamera mitlaufen, um seine Mimik und Gestik festzuhalten.

»Ich habe das Gefühl, Sie halten uns hier hin!«

Schröder war nicht zu bremsen.

Jetzt war es Zeit für Bente, in die Vernehmung einzugreifen. Sie hatte genug gesehen.

»Warum hast du dich genau auf diese Bank gesetzt, Henning?«

Sie war ganz dicht an ihn herangetreten und hatte sehr leise gesprochen. An seinen Reaktionen hatte sie bemerkt, dass lautstarke Stimmen ihn verunsicherten.

Er sah sie mit seinem gesunden Auge an.

»Haben Sie ihn erkannt?«

»Wen soll er erkannt haben? Und wenn Sie nicht mehr haben, als dass mein Mandant auf einer Bank gesessen hat, auf der zuvor ein Toter gefunden wurde, dann sorge ich dafür, dass Sie irgendwo ins Hinterland versetzt werden!«, drohte Schröder prompt.

Wir sind hier im Hinterland, dachte Bente, verzichtete aber auf einen Kommentar. Sie wollte eine Reaktion aus Henning herauslocken.

Ausgerechnet in diesem Moment wurde die Tür aufgerissen und Klemme trat ein.

»Jetzt nicht!«, rief Bente verärgert und ließ Henning keine Sekunde aus den Augen.

»Aber es ist…!«

Mit einer kurzen Handbewegung zeigte sie Heike an, sich darum zu kümmern.

Sie verließ den Raum und nahm Klemme mit. Nach zwei Minuten kehrte sie zurück und nickte Bente zu. Das war das vereinbarte Zeichen. Bei der Wasserleiche handelte es sich um Rike Thomsen!

Unbewegt sah Bente Henning tief in die Augen.

»Hat Rike Sie kürzlich aufgesucht?«

Er sah sie aus einem weit aufgerissenen Auge an.

Sie wiederholte die Frage und legte die Betonung auf Rikes Namen.

Seine Atmung wurde hektischer und er suchte Augenkontakt zu seiner Mutter.

»Was bezwecken Sie mit der Frage?«, schaltete sich der Anwalt ein.

Bente wusste, dass sie keine Beweise hatte, die Henning Thomsen als Täter überführten. Bisher waren es Vermutungen.

»Tun Sie doch was!«, rief Martha Thomsen ihrem Anwalt zu, aber Bente brachte sie mit einer Handbewegung zum

Schweigen. Immer noch war ihr Gesicht ganz nah an Hennings Ohr.

»Ihre Leiche wurde am Strand angespült. Sie ist zurückgekommen zu Ihnen, oder?«, raunte sie ihm zu.

Sie wusste, dass Schröder Henning Thomsen innerhalb der nächsten Sekunden mitnehmen und in eine psychiatrische Privatklinik einweisen lassen würde. Damit wäre er außerhalb ihres Zugriffes.

Auf Hennings Stirn bildeten sich Schweißperlen, er schluckte nervös und raufte sich die Haare. Er war kurz davor. Bente spürte es. Schröder sprang auf und zischte Bente ein: »Einspruch! Suggestivfrage!«, zu.

In diesem Moment stemmte sich Henning Thomsen aus seinem Stuhl, wandte sich zu seiner Mutter und nässte sich ein.

»Das reicht!«, schrie Martha Thomsen und Jörgens rügte Bente mit einem scharfen Blick. Sie war zu weit gegangen.

»Aus medizinischer Sicht muss ich darauf bestehen, die Befragung abzubrechen!«

Bente wusste, dass es vorbei war. Sie musste jetzt auf konkrete Spuren und unwiderlegbare Beweise hoffen, um ihn zu überführen.

Während Heike Henning Thomsen, seine Mutter und Dr. Jörgens hinausbrachte, wandte sich Bente an den Anwalt der Familie.

»Herr Schröder, ich verlange, dass er die Insel vorerst nicht verlässt und uns zur Verfügung steht.«

»Ich werde Sie auseinandernehmen, Frau Kommissarin!«, drohte er mit scharfer Stimme.

»Hauptkommissarin!«

Die Drohung ließ sie kalt. Säbelrasseln gehörte zu seinem Job.

»Wenn Sie mehr als eine Vermutung vorweisen können, dürfen Sie anfragen, ob wir für Ihre Psychospielchen zur Verfügung stehen!«

Damit ließ er sie stehen.

Bente ging ins Büro, wo Heike und Klemme auf sie warteten.

»Okay, was haben wir von Flackner?«

»Die Tote aus der Nordsee ist definitiv Rike Thomsen.«

»Was ist mit der Verbindung zu Marco Petersen?«

»Er ist dran!«

»Ich will, dass Martha Thomsen überprüft wird, Alibi von gestern Vormittag und Bewegungsprofil!«

»Seine Mutter?«, fragte Heike perplex nach.

»Als ich gerade eben die Bombe platzen ließ, dass es sich bei der Wasserleiche um ihre Schwiegertochter handelt, habe ich nicht das kleinste bisschen Überraschung in ihrem Gesicht entdeckt.«

»Ich hab mich auf den Junior konzentriert und gar nicht zu ihr gesehen!«, ärgerte sich Heike und schlug sich mit der Hand an die Stirn.

»Wie würdet ihr reagieren, wenn eure verloren geglaubte und erpresserische Schwiegertochter nach zwanzig Jahren plötzlich als Wasserleiche vor eure Tür gespült würde?«

»Mir würde die Kinnlade bis in den Keller fallen!«, rief Klemme und Heike nickte heftig.

»Das würde jedem so gehen, es sei denn…«

Klemme riss die Augen auf.

»Heißt das, ihr denkt, Martha Thomsen hat sie umgebracht?«

Bentes Gedanken gingen in alle Richtungen Sie überlegte laut:

»Ich weiß nicht, was ich denken soll, wir brauchen dringend Ergebnisse, um einen handfesten Anhaltspunkt zu bekommen! Auf jeden Fall hat irgendwer aus der Familie Thomsen mit den beiden Morden zu tun. Giftmorde lassen erfahrungsgemäß eher eine Frau als Täterin vermuten!«

Ihr Handy klingelte. Flackner.

»Wenn man vom Teufel spricht! Ist deine Kamera kaputt, Flackner?«

»Witzig! Ich bin ungeduscht, weil ich die Nacht durchgearbeitet habe! Die DNA-Analyse bestätigt, dass deine beiden Opfer nicht miteinander verwandt sind und auf der *Rike* gibt es keine Spur von ihrer Namensgeberin. Ganz sicher war sie in den letzten Wochen nicht an Bord.«

»Was?«

Bente konnte es kaum glauben. Urplötzlich brach ihr Kartenhaus zusammen. Das gleiche Gift, vom Alter passte es, sie hätte ihr letztes Hemd darauf gewettet, dass es sich bei dem zweiten Opfer um Rikes und Hennings Sohn handeln würde! Auch bei der *Rike,* dem Boot von Henning, hatte sie sich getäuscht. Es hatte alles so gut zusammengepasst!

»Irrtum ausgeschlossen?«, fragte sie nach.

»Oh, Brodersen, echt jetzt?«

Flackners Entrüstung war gerechtfertigt. Sie hatte ihn mit dieser Frage beleidigt.

»Sorry, aber das vernichtet gerade meine ganze Theorie. Diese beiden Giftmorde müssen doch in irgendeinem Zusammenhang stehen!«

»Das ist dein Job! Ich melde mich wieder, wenns was Neues gibt!«

Auch Heike und Klemme waren vom Ergebnis der DNA-Analyse frustriert.

Hansen kam von seinem Spaziergang mit Ulrike zurück und bemerkte die schlechte Stimmung sofort. Bente eröffnete ihm von Flackners Ergebnissen, während Ulrike schwanzwedelnd für Abkühlung sorgte.

»Du hattest den richtigen Riecher, Brodersen. Zumindest bei Rike Thomsen. Was hat denn Hennings Vernehmung gebracht?«

Heike setzte ihren Ex-Chef ins Bild, während Bente sich, mit einem Marker bewaffnet, an das Clipboard stellte.

Sie schrieb die Namen aller Thomsens und den des toten, jungen Mannes nebeneinander und zog um alle einen Kreis.

Danach zog sie Linien und Pfeile zwischen den Kreisen.

Alle möglichen Beziehungskonstellationen ließen Marco Petersen immer allein stehen. Sie fand keine mögliche Verbindung und somit auch kein mögliches Motiv.

»Was übersehen wir hier?«

Ihr Magen knurrte laut, sie hatte in den letzten vierundzwanzig Stunden lediglich eine Handvoll Studentenfutter gegessen.

»Pizza?«, fragte Heike.

»Unbedingt!«, erwiderte Bente und wandte sich wieder dem Clipboard zu, während Heike online bestellte.

»Das kann kein Zufall sein! Die Opfer sind mit derselben Substanz ermordet worden, also wo ist die Verbindung?«

Der Fall gestaltete sich wie eines dieser Puzzles ohne Vorlage. Es war zermürbend!

»Hat Martha Thomsen einen Bootsführerschein?«

»Das lässt sich schnell herausfinden!«

Hansen nahm sein Handy und rief seinen alten Schulfreund, den Hafenmeister von Hörnum, an.

Mehr als ein paar Sätze und ein vielsagendes Murmeln war von dem Gespräch nicht zu hören.

Gespannt warteten sie, bis Hansen das Telefonat beendet hatte.

»Sie hat! Und im Hafen liegt ein kleiner, moderner Trawler, der Hinnerk Thomsen gehört.«

»Heike, schick die SpuSi zu diesem Boot. Wer immer Rike Thomsen hinaus auf See gebracht hat, muss Spuren hinterlassen haben.«

Zeitgleich mit dem Pizzaboten kam Erik Willemsen herein. Verwundert verfolgte das Team, wie er die Pappschachteln aus der Hand des verdatterten Schülers nahm und ihm befahl, das Büro sofort zu verlassen.

Als die Tür sich hinter dem Boten geschlossen hatte, ließ er die Bombe platzen:

»Hinnerk Thomsen ist ermordet worden! Direkt vor der Fischhalle in Hörnum! Zwei Streifen sind bereits unterwegs!«

Bente schnalzte mit der Zunge, um Ulrike aufzuwecken, griff sich die Autoschlüssel und rannte los.

»Nimm die Pizza mit, Heike!«

Binnen weniger Sekunden saßen sie im Bulli und fuhren vom Parkplatz.

»Ich bin erst ein paar Monate weg und komme mir vor wie ein Dinosaurier«, brummte Hansen.

»Du bist alt, Hansen!«, lachte Klemme.

»Danke, Klemme, ich habe dein Feingefühl vermisst«, seufzte der ehemalige Dienststellenleiter und setzte sich an Heikes Schreibtisch.

Klemme reichte ihm einen Pizzakarton und sie aßen schweigend.

Kapitel 25

Vor der Fischhalle in Hörnum stand ein halbes Dutzend Streifenwagen im Halbkreis vor dem Eingang. Der Bereich war großflächig abgesperrt worden, um die obligatorischen Gaffer auf Abstand zu halten.

Henning Thomsen saß in Handschellen im Fond eines Polizeiwagens. Seine Hände und Kleidung waren blutüberströmt.

Es gab mehrere Zeugen, die gesehen hatten, wie er sich hinterrücks an seinen Vater herangeschlichen, ihm eine Hand auf die Schulter gelegt und mit der anderen das Messer an die Kehle gesetzt hatte. Es war ein eiskalter, heimtückischer Mord.

Für den alten Thomsen kam jede Hilfe zu spät und obwohl Bente nicht an höhere Gerechtigkeit glaubte, konnte sie den Tod dieses Mannes nicht bedauern.

Jörgens stand mit Martha Thomsen in einiger Entfernung zu dem Wagen, in dem ihr Sohn saß. Offenbar versuchte er, sie zu beruhigen.

Die Spurensicherung hatte die Leiche abgedeckt, um sie vor neugierigen Blicken und den Handykameras der Schaulustigen zu schützen.

Einige der Mitarbeiter saßen geschockt an der Hafenmauer, unfähig, den kaltblütigen Mord vor ihren Augen zu verarbeiten.

»Wieso hat er das getan?«, fragte Heike.

Bente zuckte mit den Achseln.

»Hätten wir ihn auf dem Revier behalten, würde der alte Thomsen noch leben. Er hat es letzt oft genug vorgemacht, wie er jemanden umbringen würde. Ich habe nicht erkannt, dass sein Vater das erwählte Opfer war«, sinnierte Bente. Sie gab sich eine Mitschuld an der grauenvollen Tat.

»Sein Anwalt hätte dich zerrissen und wir hatten keine stichhaltigen Beweise, ihn festzuhalten.«

»Weißt du, Peggy hat mir gesagt, dass sie nicht mit mir tauschen wollte. Ich hätte ausschließlich schlechte Tage, bei ihr überwiegen die guten! Sie hat Recht! Wir kommen immer erst, wenn es zu spät ist.«

»Früher oder später hätten wir ihn gehen lassen müssen, dann wäre der Mord später geschehen.«

»Vielleicht hätten wir später mehr Beweise gehabt, um ihn nicht wieder auf die Menschheit loszulassen?«

Heike schaute über das Hafenbecken aufs Meer hinaus.

»Ja, es ist grauenvoll, dass wir drei Tote haben und nichts tun konnten. Trotzdem möchte ich nicht mit Peggy tauschen!«

Kapitel 26

Warum bekomme ich die Infos von dir immer nur scheibchenweise serviert, Flackner?«

Bente hielt ihr Handy ans Ohr.

»Weil du mir die Spuren nacheinander lieferst, als wären wir an einem Fließband. Deswegen ruf ich dich an, sobald ich etwas Neues habe. Ich kann auch Feierabend machen! Hab, weiß Gott, Besseres zu tun, als mir deine schlechte Laune anzutun!«

»Schon gut, Flackner. Schieß los!«

»Der Tote aus Hörnum ist mit Henning Thomsen verwandt. Sie haben mehrere gemeinsame STR-Abschnitte in der DNA.«

»Marco Petersen ist Henning Thomsens Sohn? Das heißt, er ist nicht verwandt mit Rike, aber mit Henning Thomsen?«, fragte Bente verblüfft.

»Genau das habe ich gesagt. Musst du immer alles wiederholen?«

»Schon gut, Flackner. Ich muss das erstmal sortieren!«

»Noch was, Brodersen!«

»Ja, ja, Danke!«, antwortete sie genervt.

»Oh, du hast gelernt, aber das meine ich gar nicht. Die STRs zeigen an, dass sie verwandt sind, aber ich würde darauf tippen, dass es sich nicht um Vater und Sohn, sondern um Halbgeschwister handelt.«

Diese Information brachte bei Bente den Groschen zum Fallen. Alles fügte sich ineinander.

»Flackner, lass alles andere stehen und liegen! Ich will wissen, ob der alte Thomsen mit dem jungen Mann verwandt war!«

»Von wegen scheibchenweise!«

Er legte mürrisch auf.

Bente dachte an ihre erste Begegnung mit Martha Thomsen.

Es war kurz nach Auffinden des Toten auf der Bank gewesen.

Heike hatte ihr das Bild von Marco Petersen gezeigt und sie hatte gar nicht hingesehen. Heike hatte sie extra darauf hingewiesen, dass sie sich das Foto gar nicht angesehen hatte.

»Ich kenne keine langhaarigen Landstreicher!«, war ihre Antwort gewesen. Sie hatte den jungen Mann also gesehen und vielleicht sogar vergiftet. Wusste Martha Thomsen auch von den beiden anderen Morden?

Bente sah zu Heike, die neben dem Wagen stand, in dem Henning Thomsen saß. Der Motor lief und sie sprach durch das offene Fenster mit dem Polizisten hinter dem Lenkrad. Offenbar gab sie ihm die Anweisung, zu warten. Bente ging zu ihr.

»Henning Thomsen wird nach Husum ins Gefängnis gebracht. Er wird morgen dem Haftrichter vorgeführt! Der Kollege möchte los, um den nächsten Autozug zu bekommen, ist das okay?«

»Ja, Sie können los«, wandte Bente sich an den Fahrer und drehte sich dann zu Heike um.

»Komm! Es ist noch nicht vorbei!«

Bente rief Ulrike, die gespannt wie ein Flitzebogen im Bulli lag und auf dieses Kommando gewartet hatte.

Auf dem Weg über den Vorplatz der Fischhalle beorderte Bente zwei Streifenwagen mit jeweils zwei Beamten zum Haus von Martha Thomsen.

Sie selbst und Heike gingen die wenigen Meter zu Fuß. Sie berichtete von dem Telefonat mit Flackner, um ihre junge Kollegin auf den neuesten Stand zu bringen.

Heike staunte.

»Wenn Henning Thomsen und Marco Petersen Halbbrüder sind, von welchem Elternteil ist er dann der uneheliche Sohn?«

»Mensch, Heike, ich habe tatsächlich noch keinen Gedanken daran verschwendet, dass Martha Thomsen ein weiteres Kind haben könnte!«

Bente war abrupt stehengeblieben und dachte angestrengt nach.

»Ich denke eher, dass der alte Thomsen einen unehelichen Sohn hatte. Sie hätte während der letzten Monate ihrer Schwangerschaft die Insel unter irgendeinem Vorwand verlassen müssen und das war genau die Zeit nach dieser Entführung. Das passt nicht, sie musste sich um Henning kümmern und hätte ihn nicht allein bei seinem Vater gelassen. Außerdem vergiftet so eine Löwenmutter wie sie nicht kaltblütig ihren eigenen Sohn!«

»Sie?«

»Ja, wir haben selbst gesehen, wie es in ihrem Garten blüht und gedeiht! Es würde mich überraschen, wenn wir zwischen all den Blumen keinen Blauen Eisenhut finden!«

»Aber warum?«

»Das werden wir sie fragen!«

Mittlerweile hatten sie das Tor zum Haus der Witwe Thomsen erreicht. Die vier Polizisten waren aus den Wagen gestiegen und folgten ihnen bis zur zweiten Haustür. Bente bat sie, draußen zu warten.

Von Martha Thomsen ging keine Gefahr aus.

Heike klingelte, aber es blieb ruhig.

Bente warf einen Blick in den Garten und sah Martha Thomsen auf einer Bank unter einer großen Trauerweide sitzen. Sie hielt eine Teetasse in der Hand und sah in ihre Richtung.

»Ich hatte mich schon gefragt, wann sie kommen!«, begrüßte sie die beiden Polizistinnen mit monotoner Stimme.

Bente setzte sich neben sie auf die Bank und Heike spazierte mit ihrem Handy durch den riesigen Garten. Sie hatte ein Foto vom Blauen Eisenhut auf dem Display und verglich jede einzelne, blaublühende Pflanze mit dem Bild.

»Henning hat seinen Vater immer schon gehasst und ich kann es ihm nicht verdenken. Er war ein Tyrann, ein Mann ohne Mitgefühl, ohne Herz.«, begann Martha Thomsen, ihre Geschichte zu erzählen. Bente schwieg. Sie würde zuhören und nur dann Fragen stellen, wenn es nötig war.

»Die ganzen Jahre habe ich ihn vor seinem Vater beschützt und jetzt war alles umsonst! Ich habe die Thomsenfamilie immer gehasst und wollte nicht sehen, dass Henning auch seinen Vater brauchte. Ich habe alles verloren.«

»Und Rike? Hat sie gewonnen?«

Martha Thomsen schwieg und starrte in ihre Tasse. Schließlich schüttelte sie langsam den Kopf. »Niemand gewinnt bei den Thomsens, letzten Endes haben alle verloren.«

»Hat Rike Sie aufgesucht?«

Sie nickte, nahm einen Schluck Tee und blickte in den Himmel. Ein dunkles Wolkenband schob sich vor die Sonne.

»Sie hatte die Frechheit, nach all der Zeit hier aufzutauchen, um sich mit Henning auszusprechen. Miststück! Ihretwegen hat Henning sich aufgegeben, er liebte sie noch immer, trotz allem, was sie ihm angetan hatte!«

Bente nahm die Verbitterung in ihrer Stimme wahr. Sie empfand Mitleid mit Henning. Rike war die Liebe seines Lebens gewesen und er hätte ihr verziehen, da war sie sich sicher.

»Ich habe mich damals für ihn gefreut, als sie sich kennengelernt hatten, aber sie hätten nicht gleich heiraten sollen, das musste in einer Tragödie enden! Den Fehler habe ich gemacht, aber er wollte nicht auf mich hören!

Diese Verräterin hat in den vergangenen Monaten Briefe geschrieben und mehrfach angerufen, aber ich habe ihm nichts davon gesagt. Dann tauchte sie einfach hier auf und wollte ihn sprechen. Leider war Hinnerk nicht da, er hätte sie auf der Stelle erschlagen und uns wäre all das erspart geblieben. Sie schrie mich an, dass sie todkrank sei und Henning alles erklären wolle! So eine Egoistin!«

Bente schämte sich unverhofft für genau diese Gedanken, die sie gestern bei der Begegnung mit Lutz gehabt hatte. Plötzlich erkannte sie ihren eigenen Egoismus. Sie würde später weiter darüber nachdenken, jetzt ging es darum, einer geständigen Mörderin zuzuhören.

»Wie ging es dann weiter?«, fragte sie.

»Ich sagte ihr, dass ich ihn holen lasse. Dann habe ich sie vergiftet, ihr dabei zugesehen, wie sie qualvoll starb. Es war ihre gerechte Strafe. Ich hatte kein Mitleid. Ihretwegen hat Henning sich eingekapselt und niemanden mehr an sich herangelassen. Die zwei Tage in der Grube unter dem Wohnwagen haben ihn gebrochen.«

Martha Thomsen trank den letzten Rest aus ihrer Tasse.

»Dann habe ich sie in den Wagen verfrachtet. Sie war sowieso nur noch Haut und Knochen. Der Krebs hatte sie schon ausgezehrt. Eigentlich habe ich ihr einen Gefallen getan.«

Sie sprach über den Mord an Rike Thomsen so teilnahmslos, als würde sie ein welkes Blatt von einer Pflanze nehmen.

»Warum die Hände?«

Martha Thomsen sah Bente an, als wäre sie begriffsstutzig.

»Damit sie nicht identifiziert werden konnte. Nicht mal im Tod hat sie uns in Ruhe gelassen. Musste ausgerechnet an der Insel wieder angespült werden! Ich habe nur Henning beschützt! Wenn er herausbekommen hätte, dass Rike zu ihm zurückgekehrt war, hätte ihn das vollends aus der Bahn geworfen.«

Genau das hatte Bente bei der Vernehmung auf der Wache mitangesehen. Dort hatte Henning Thomsen erfahren, dass Rike zurückgekehrt war. Er musste angenommen haben, dass sein Vater sie getötet hatte. Deshalb hatte auch Hinnerk Thomsen sterben müssen.

Bente dachte an die Situation, als sie es ihm ins Ohr geflüstert hatte. Sie hatte ihn überraschen wollen, um eine Reaktion, vielleicht sogar ein Geständnis aus ihm herauszulocken. Sie konnte es drehen und wenden wie sie wollte, das Gefühl einer Mitschuld blieb.

»Und dann tauchte dieser Landstreicher hier auf, meinte, er wäre der Sohn meines Mannes und Hennings Halbbruder. Sagte, er würde einen Vaterschaftstest fordern und ihm stünde Geld zu. Rückwirkender Unterhalt und Erbe!«

Also war Marco Petersen tatsächlich der uneheliche Sohn vom alten Thomsen gewesen!

»Ich bin seit über vierzig Jahren mit einem Thomsen verheiratet. Hätte Hinnerk seinen anderen Sohn getroffen, wäre Henning ganz abgeschrieben gewesen. Ich wusste von seinen Hurengeschichten und Henning hat mir erzählt, welch erniedrigende Prozedur er über sich ergehen lassen musste, in diesem Puff mit diesen rumänischen Frauen.«

Bente sah den Schweiß auf Martha Thomsens Stirn.

Heike kam über den Rasen und streckte ihr einen erhobenen Daumen entgegen. Sie hatte den Blauen Eisenhut ausfindig gemacht! Bente bedeutete ihr, im Hintergrund zu bleiben.

»Waren Sie deswegen bei Gerry Rebers in dem Nachtclub?«

»Ja, er sollte diese widerlichen Schwangerschaften abbrechen lassen. Ich bot ihm Geld und er versicherte mir, sich darum zu kümmern. Hinnerk wollte unbedingt einen Familienerben. Dabei hatte er einen Sohn, aber der war ihm nicht gut genug!«

»Und da haben sie Marco Petersen auch vergiftet?«

»Was blieb mir anderes übrig? Seit seiner Geburt habe ich Henning beschützt, da konnte ich jetzt nicht plötzlich aufgeben. Dann wäre alles umsonst gewesen! Der Bastard hat den heißen Tee dankbar angenommen.«

Martha Thomsen krümmte sich und erbrach vor ihre Füße.

Bente wusste sofort, was das bedeutete.

Sie rief die wartenden Beamten zu sich und befahl ihnen, die geschwächte Martha Thomsen in einen der Streifenwagen zu bringen.

»Fahrt sie ins Krankenhaus! Sie hat sich selbst vergiftet. Heike, du fährst mit, Beeilung!«

Bente nahm ihr Handy und rief einen Notarztwagen. Der Streifenwagen würde ihm entgegenkommen, um keine Zeit zu verlieren.

Ein paar Minuten später war es ruhig geworden und Bente schaute von dem Anwesen der Thomsens hinaus auf den Hörnumer Hafen und die Nordsee. Zwei Fischkutter liefen, begleitet von einem Schwarm kreischender Möwen, aus.

Sie holte Ulrike aus dem Bus und ging in der einsetzenden Dämmerung hinunter an den Strand. Begierig sog sie die salzige Luft in ihre Lungen.

Irgendwann klingelte ihr Handy. Es war Heike.

»Martha Thomsen hat es nicht geschafft. Die Dosis, die sie zu sich genommen hat, war zu hoch.«

Bente erwiderte nichts darauf, sondern starrte hinaus auf den Horizont.

»Bist du okay, Brodersen?«, hakte ihre Kollegin besorgt nach.

»Denkst du, der alte Thomsen würde noch leben, hätte ich Henning im Revier nicht mit der Nachricht über Rikes Ermordung überfallen?«

Heike schwieg einen Moment, bevor sie antwortete.

»Was ich denke, ist egal, es geht darum, was du denkst.«

»Weise Worte, Heike.«

Bente legte auf.

Sie dachte an die Familientragödie der Thomsens und fragte sich, wann diese ihren Anfang genommen hatte. Vor zwanzig Jahren oder schon viel früher? Hatte das Schicksal tatsächlich über die Jahrzehnte seine Finger im Spiel gehabt oder waren es die falschen Entscheidungen im Leben der Familienmitglieder gewesen, die zu dieser Tragödie geführt hatten?

Sie schüttelte die Gedanken ab, zog ihre Schuhe aus und ging barfuß zu den Wellen, die an den Strand rollten. Das Wasser kitzelte zwischen ihren Zehen.

Ulrike stand neben ihr und wartete darauf, dass ihr Frauchen etwas warf, damit sie apportieren konnte.

Sie würde heute Abend Anka anrufen. Einfach nur so, es musste keinen Grund geben, um miteinander zu reden.

Eine Träne rollte ihre Wange hinab und vermischte sich mit der salzigen Seeluft auf ihren Lippen.

Sie hatte es nur gut gemeint, aber Anka hätte auch ihren Vater gebraucht. Es war falsch von ihr gewesen, den Kontakt zu Lutz abzubrechen. Um Ankas Willen hätte sie ihre eigene Wut und Enttäuschung überwinden müssen!

Das, was sie Lutz vorgeworfen hatte, traf in gleicher Weise auf sie selbst zu: Charakterschwach, unloyal und egoistisch hatte sie ihn geschimpft!

Er war zu ihr nach Sylt gekommen, um sich zu entschuldigen. Jetzt war sie am Zug!

Sie kramte den Zettel mit seiner Telefonnummer aus ihrer Westentasche und wählte die Nummer.

ENDE

DANKE

Ich freue mich, wenn Bente Brodersen und ihr Team Ihnen ein paar spannende Stunden bescheren konnten.

Wenn Ihnen die Geschichte um die friesische Hauptkommissarin auf Sylt gefallen hat, würde ich mich über eine Bewertung bei der Plattform, wo sie dieses Buch erworben haben, unheimlich freuen.

Ein großes DANKESCHÖN all jenen, die die Zeit finden, ein paar Worte zu schreiben.

Und wenn Sie Lust verspüren, empfehlen Sie mich doch weiter oder teilen Sie den SYLT-KRIMI auf Facebook, Instagram, etc...

Wenn Sie wissen möchten, wie es weiter geht mit Bente Brodersen auf Sylt – spannend natürlich.

Einfach KRINKE REHBERG folgen und sofort über Neuerscheinungen informiert werden.

Vielen Dank und alles Liebe

Ihre Krinke

Verpassen Sie keine Neuerscheinung,
Einfach im Newsletter eintragen:
www.krinkerehberg.com

Lesen Sie weiter...

Kapitel 1

Sie hörte Stimmen aus der angrenzenden Kammer.

»Was ist mit der Mutter?«

»Ist im Kindbett gestorben!«

Es folgte eine Stille, die ihr die Kehle zuschnürte und das Blut in ihren Adern gefrieren ließ.

Das konnte nicht sein.

Sie war die Mutter und sie lebte.

Aenne kniff sich in den Arm, um sich zu vergewissern, dass sie nicht bereits tot war und auf sich herabblickte.

Sie spürte den Schmerz, also lebte sie!

Die Kammer, in der sie lag, wurde von einer Öllampe erhellt, deren Licht es nicht schaffte, die dunklen Ecken auszuleuchten.

Der Mond hatte sich hinter dunklen Wolken versteckt und am Fenster bildete sich ein wunderschönes Gemälde aus Eiskristallen.

Der Schweiß auf ihrem Körper ließ sie frösteln. Die Geburt hatte sie erschöpft, trotzdem war sie voller Energie und freute sich darauf, ihr kleines Baby in die Arme zu schließen.

Aber wo war es?

Sie hatte es schreien gehört, direkt nach der letzten Presswehe, mit der sie dieses kleine Wunder aus sich herausgedrückt hatte. Eine Frau hatte gesagt, dass es ein Junge sei.

Wieder vernahm sie die Stimmen.

»Übernehmen Sie die Kosten für das Grab?«

»Fragen Sie den Pfarrer nach einem Armenbegräbnis. Es gibt einen eigenen Bereich dafür, hinten an der Friedhofsmauer.«

Mühsam stieg Aenne aus dem Bett. An der Innenseite ihrer Schenkel klebte noch das Blut.

Sie musste ihren Sohn suchen! Hier waren sie nicht sicher!

Aber draußen war es bitterkalt! Ihr Baby würde sofort erfrieren! Seit Wochen waren sogar die Häfen vereist.

Vielleicht würde sie in der Windmühle, Zuflucht finden.

Roluf, der Sohn vom alten Janssen, bewohnte hinten in der Mühle eine kleine Kammer. Er war immer nett zu ihr gewesen, obwohl er als schüchtern und verschroben galt.

Als Aenne leise das Fenster öffnete, schlug ihr sofort die Kälte entgegen.

Nur mit ihrem dünnen, blutbefleckten Nachthemd bekleidet, kletterte sie durch den Rahmen und erstarrte, als ihre Füße den eisigen Boden berührten.

Die ersten Meter vom Husmannshof zur Mühle legte sie hüpfend zurück. Ihr wurde schwarz vor Augen und sie sank völlig entkräftet und frierend auf die Knie nieder, um auf allen vieren vorwärtszukommen.

Der Mond schob die Wolken beiseite und sie erkannte in dem fahlen Licht die Umrisse einiger Männer auf dem Weg zur Mühle.

Suchten sie etwa schon nach ihr?

Aenne blieb nur die Abkürzung über die Munkmarschbucht.

Das Eis über der Bucht machte auf sie einen friedlichen und gleichzeitig bedrohlichen Eindruck. Väterchen Frost hatte die Eisdecke so dick frieren lassen, dass sogar Kutschwagen darauf fahren konnten. Aber die Priele, die durch Ebbe und Flut permanent in Bewegung waren, stellten eine Gefahr dar. Die permanente Bewegung des Salzwassers schaffte in der dicken Eisdecke heimtückische Stellen, zerbrechlich wie Porzellan.

Aenne spürte ihre Hände und Füße nicht mehr.

Erneut schoben sich die Wolken vor das Mondlicht und die Umrisse der Mühle verschwanden wie Nebelschwaden in der Dunkelheit.

Sie hatte sich die Richtung eingeprägt und kroch vorsichtig weiter.

Ein Knirschen hinter ihr ließ sie herumwirbeln. Jemand kam auf sie zu.

»Hallo?«, rief sie bibbernd.

»Aenne, warte!«

Es war Husmanns Stimme, aber sie konnte ihn in der Schwärze der Nacht nicht sehen.

»Warum läufst du weg, ich sagte doch, ich kümmere mich um das Kind!«

»Wo ist mein Junge?«

»Er ist versorgt. Du musst dich erst erholen! Mach dir keine Sorgen, alles wird gut.«

Wie gern wollte sie ihm glauben, aber sie hatte ihn in der Nebenkammer gehört.

Als die Schwangerschaft sichtbar geworden war, hatte er sie entlassen. Sie hatte in Munkmarsch eine Arbeit gefunden und von früh bis spät Netze geflickt und Krabben gepult.

Was konnte eine Küchenmagd schon erwarten, wenn der Gutsherr ein Auge auf sie geworfen hatte? Vor den Augen der Gutsherrin würde kein Bastard heranwachsen!

»Aenne, lass mich dir helfen! Habe ich nicht immer für dich gesorgt?«

Sie presste zitternd die Lippen aufeinander, um kein Geräusch von sich zu geben. Seine Stimme war trügerisch lockend, aber sie hatte Angst vor ihm.

Wieder lugte der Mond hinter einer Wolke hervor und sie erstarrte. Er stand nur einige Meter von ihr entfernt.

»Da bist du ja!«

Sie blickte in ein kaltes, vor Wut verzerrtes Gesicht und schrie nach Hilfe. Laut und ausdauernd, wie ein blökendes Lämmchen, das seine Mutter rief.

Hinter ihm erkannte sie einige Laternen, die hin und her schwenkten.

Die Rufe der Männer, die übers Eis kamen, waren zu hören.

Aenne schluchzte vor Erleichterung.

Sie war gerettet. Sie und ihr Baby würden in Sicherheit sein. Er konnte ihr nichts anhaben!

Als sie das eisige Wasser in ihrer Lunge spürte, fühlte sie nichts als Ungläubigkeit.

Kapitel 2

»Wo ist Gerke?«

Der Berufsschullehrerin Silke Hansen kaute nervös an ihren Fingernägeln.

Sie war achtunddreißig Jahre alt und konnte diese lästige Angewohnheit einfach nicht unterlassen. Ihr Vater hatte ihr immer wieder auf die Finger geklopft und sie sogar mit Lebertran bestrichen, aber es hatte nichts genützt.

»Gerke hätte längst da sein sollen!«, rief sie besorgt.

»Was machen wir, wenn sie nicht kommt?«, fragte eine ängstliche Schülerin.

Silke ärgerte sich, nicht an eine Zweitbesetzung gedacht zu haben, aber dies war eine Schulaufführung und es war schwierig genug gewesen, die Berufsschuldirektion und die Ausbildungsbetriebe der Lehrlinge zu dieser Aufführung zu bewegen.

»Sie wird kommen, keine Sorge!«

Silke hatte das Meerkabarett in Rantum als Sponsor gewinnen können und nach monatelangen Proben stand die Premiere des Stückes kurz bevor. Little Shop Of Horrors.

Das Stück hatten sich die Schüler ausgesucht, was vor allem an Gerke gelegen hatte. Sie war die treibende Kraft gewesen und hatte all ihr Herzblut in diese Aufführung gelegt.

Die Rolle der Audry war der zarten Siebzehnjährigen mit den Sommersprossen und den rötlich schimmernden Haaren wie auf den Leib geschrieben.

Mit Hilfe des pensionierten Musiklehrers des Gymnasiums Westerland, Falk Harms, hatten sie die Gesangseinlagen geprobt. Er war zu einer der Stützen dieses Projektes geworden und die Schüler liebten Falk, der in seiner Funktion als langjähriger Vertrauenslehrer die Interessen der Jugendlichen vertreten hatte. Außerdem spielte er mehrere Instrumente und hatte in seinem Musikunterricht auch Rock und Pop zum Thema gemacht.

Mittlerweile herrschte heillose Aufregung hinter der Bühne. Die Vorführung hätte vor zwei Minuten beginnen sollen.

Silke Hansen öffnete den Vorhang einen kleinen Spalt und sah in das ausverkaufte Theater.

In der ersten Reihe erkannte sie ihren Vater, der vor Stolz zu platzen schien.

Sie zwängte sich halb auf die Bühne und winkte ihn zu sich.

Ihr Vater war vierzig Jahre im Polizeidienst auf der Insel gewesen und seit einigen Monaten im Ruhestand.

»Was ist los?«

Hansens Stimme brummte wie immer durch seinen ergrauten Bart.

»Unsere Hauptdarstellerin ist nicht gekommen.«

»Na, da fragst du den Falschen, ich kann nicht für sie einspringen!«

»Bitte, Papa, das ist nicht witzig. Gerke hat diesem Moment seit Monaten entgegengefiebert. Sie liebt es, zu singen und zu tanzen und der heutige Abend ist so etwas wie die Erfüllung ihres Traumes. Jetzt geht sie nicht an ihr Handy und ihre Eltern sitzen ein paar Sitze von euch entfernt und wissen auch nicht, wo sie ist. Es muss etwas Schlimmes passiert sein!«

Im Hintergrund bemerkte Hansen das Tuscheln der anderen Schüler.

Falk Harms stand wie ein Fels in der Brandung inmitten der jungen Darsteller. Er beruhigte die Schüler, die alle bereits in ihren Kostümen steckten.

Beim Anblick eines Schülers, der als riesige, fleischfressende Pflanze verkleidet war, schlich sich der Gedanke in seinen Kopf, dass er zum alten Eisen gehörte. Er selbst hatte vor fast fünf Jahrzehnten eine Nebenrolle in Dürrenmatts Die Physiker gespielt.

Er ging an den Bühnenrand, führte zwei Telefonate und schüttelte schließlich den Kopf.

»Es gibt keine Meldung über Unfälle und im Krankenhaus ist kein junges Mädchen eingeliefert worden«, berichtete er seiner Tochter.

Falk Harms trat zu ihnen.

»Wir sollten einfach noch ein paar Minuten warten! Junge Leute haben alle möglichen Dinge im Kopf!«

»Falk! Du weißt ganz genau, dass Gerke hierfür gestorben wäre. Um nichts in der Welt würde sie diesen Auftritt verpassen!«

»Ich meine nur, wir sollten uns nicht verrückt machen.«

»Aber wir müssen doch etwas unternehmen, ich habe kein gutes Gefühl!«, raunte Silke ihrem Vater ins Ohr, um die Schüler nicht noch mehr zu beunruhigen.

Hansen wusste, dass es für eine Vermisstenanzeige viel zu früh war. Er musste Falk Harms Recht geben. Seiner Berufserfahrung nach zu urteilen, klärten sich beinahe alle Vermisstenfälle innerhalb eines Tages von allein auf.

»Im Moment können wir nur abwarten.«

Silke Hansen blieb nichts anderes übrig, als auf die Bühne zu treten und die Aufführung schweren Herzens abzusagen.

Sie bat um Entschuldigung und schob technische Gründe für die Absage vor.

Nachdem sich das Publikum zerstreut hatte, stand nur noch eine kleine Gruppe von Verantwortlichen im Foyer und wartete. Darunter der Schulleiter, einige Geschäftsführer der Ausbildungsbetriebe und die Lehrer dieses Abschlussjahrgangs. Gerkes Mutter war ebenfalls geblieben, während ihr Mann nachhause gefahren war.

Hansen telefonierte mit seiner Nachfolgerin. Bente Brodersen war seit einem halben Jahr Leiterin der Dienststelle Kripo Sylt.

»Ich weiß, dass es zu früh ist, Brodersen. Ich war lange genug bei dem Verein. Komm einfach her und hör dich ein wenig um, bitte!«

»Hansen, wir stehen hier vor einem Berg voll Arbeit und ich habe Feierabend! Außerdem war Ulrike noch nicht draußen!«

Ihre Labradorhündin war ihre stetige Begleiterin und in arbeitsreichen Zeiten wie diesen, lag sie einfach zu oft unterm Schreibtisch und wartete geduldig auf ihre Gassirunde.

Bente hatte zwar Verständnis für die Situation, aber andererseits musste sie Ermittlungserfolge erzielen, denn der Vandalismus und die Einbrüche in Kampen und Wenningstedt hatten eine Dimension erreicht, die die Bürgermeisterin auf den Plan gerufen hatte.

Die meisten Hoteliers beklagten sich über unzufriedene Gäste und den beschädigten Ruf der Insel.

Bente wusste, dass sie maßlos übertrieben, aber die gutsituierten Herren hatten Beziehungen zur Lokalpolitik und übten indirekt Druck auf sie als Hauptkommissarin aus.

»Ich kann hier in Rantum mit Ulrike am Meer spazierengehen. Tu es für meine Tochter, sie ist die Initiatorin dieser Aufführung und macht sich große Sorgen.«

Bente fügte sich.

»Unter einer Bedingung, Hansen!«

»Und die wäre?«

»Du platzt nicht mehr einfach so bei uns in die Dienststselle, wie es dir gerade passt!«

Seitdem er in Rente war, kam er regelmäßig vorbei, um sich als Berater anzubieten. Es brachte nur Unruhe in ihr kleines Team und hielt sie von der Arbeit ab.

»Du gönnst einem alten Mann aber auch gar keinen Spaß! Von mir aus!«

Als Bente ihren VW-Bus auf dem Parkplatz vor dem Meerkabarett in Rantum abstellte, fragte sie sich, weshalb sie noch nicht ein einziges Mal hier gewesen war. Von Dünengras umgeben, thronte das gläserne Theater an der Wattseite von Rantum und bot eine phantastische Aussicht über die Heidelandschaft auf das Rantumer Becken.

Ulrike rannte schwanzwedelnd auf Hansen zu und begrüßte ihn stürmisch, in der Hoffnung auf eine Frikadelle.

Bente wurde von Hansen ins Bild gesetzt, als einige Meter entfernt, bei dem Abschnitt mit den Liegestühlen und der Strandbar, ein Streit zwischen zwei Männern lautstark eskalierte.

Sie erkannte Enno Peersen, einen Hotelbesitzer, der von der Einbruchs- und Vandalismusserie besonders arg gebeutelt war. Der andere war ein junger Mann, nicht älter als zwanzig.

Er schubste Enno Peersen von sich weg, drehte sich um und rannte zu einem Motorroller, mit dem er knatternd davonfuhr.

Bente ging zu Peersen und erreichte ihn zeitgleich mit Hansens Tochter, die versuchte, die Wogen zu glätten.

»Ich entschuldige mich für sein Verhalten, Herr Peersen. Die Kids sind sehr aufgewühlt wegen Gerkes Verschwinden.«

Peersens Hotel stellte einige Ausbildungsplätze.

Der Mittvierziger mit perfekt sitzenden Frisur und glitzernder Armbanduhr, winkte ab und strich sich sein dunkelblaues Sakko glatt.

Sein Lächeln wirkte aufgesetzt.

Bente fiel die Ähnlichkeit von Silke Hansen zu ihrem Vater auf. Sie hatten die gleiche Nase und auch an den Augen war sofort zu erkennen, wessen Tochter sie war.

Levke, eine Freundin von Gerke, kam auf ihre Lehrerin zu.

»Sie geht nicht an ihr Handy. Das passt gar nicht zu ihr! Sie ist noch nicht mal online gewesen in den letzten Stunden!«

Bente unterdrückte ein Aufstöhnen. Heutzutage machten sich die jungen Leute Sorgen, wenn jemand seit zwei Stunden nicht online war oder nicht an sein Handy ging.

Sie hörte sich geduldig alle Beteiligten mit ihren Sorgen an und konnte sich, in die Angst der Mutter hineinversetzten, aber so ernst sah die Lage einfach nicht aus.

»Es gab heute keine Unfälle oder Einsätze auf der Insel, die in irgendeinem Zusammenhang mit Gerke stehen!«

Sie hatte das übers Revier überprüfen lassen.

»Sie ist ein siebzehnjähriges Mädchen und hätte heute den ersten großen Auftritt in ihrem jungen Leben gehabt. Da kann sie einfach der Mut verlassen haben und sie hat kalte Füße bekommen.«

Bente hob achselzuckend die Schultern, wollte aber nicht zu teilnahmslos wirken und setzte eine sorgenvolle Miene auf.

»Ich halte Augen und Ohren offen, aber bestimmt sieht die Welt morgen schon wieder ganz anders aus!«, sagte sie zuversichtlich.

»Wer hat zuletzt mit ihr in Kontakt gestanden?«

Sie fragte eher Hansen zuliebe, denn sie selbst war überzeugt, dass die junge Gerke das Lampenfieber gehörig unterschätzt hatte und nun irgendwo saß und sich schämte.

»Sie hat gestern Abend noch mit Herrn Harms geprobt und ist dann ganz spät nachhause gekommen. Heute morgen muss sie ganz früh aus dem Haus gegangen sein. Ich habe mir nichts dabei gedacht, schließlich war es ihr großer Tag. Sie will immer alles perfekt machen.«

Gerkes Mutter unterdrückte die Tränen, was ihr sichtlich schwerfiel.

»Wer ist Herr Harms?«, wandte sie sich an Hansens Tochter.

Silke drehte sich mit suchendem Blick um.

»Er ist der pensionierte Musiklehrer, er ist...«

Ihre Augen scannten die Umgebung.
»Falk? Er ist nicht mehr da!«, rief sie ungläubig.

Das war

SYLTKRMI
Grabesstille

TEIL 2
DER AIDA
REIHE
KRIMI KAWA
KRINKE
REHBERG
MÖRDERISCHE
AIDA
FRIEDA OLSEN ERMITTELT